MW01107650

Pôle fiction

Sue Limb

15 ans Welcome to England!

Traduit de l'anglais par Laetitia Devaux

Gallimard

Titre original : *Girl, 15 Flirting for England*
Édition originale publiée en Grande-Bretagne
par Bloomsbury Publishing Plc, Londres, 2007
© Sue Limb, 2007, pour le texte
© Gallimard Jeunesse, 2008, pour la traduction française
© Gallimard Jeunesse, 2012, pour la présente édition

À Liliane Binnie (née Sanchez),
ma correspondante française,
qui est restée une amie
après toutes ces années.

1

Cher Édouard,
Est-ce que je peux t'appeler Ed ? Édouard, c'est un peu...

Oh non ! Voilà qu'elle l'insultait déjà ! Elle se moquait de son nom ! Jess froissa sa feuille et la jeta dans la corbeille. Qu'elle rata.

Cher Édouard,
Tu es mon correspondant français...

Il le sait déjà, grosse nouille ! Jess froissa sa feuille et la jeta dans la corbeille. Qu'elle rata.

Cher Édouard,
Salut ! Je m'appelle Jess Jordan et il faut croire qu'on est correspondants...

Il faut croire ? Comme si ça venait de tomber sur la tête de Jess ? Comme si elle avait préféré faire un échange avec un chimpanzé ?

Jess froissa sa feuille, ferma les yeux et les poings et poussa un cri d'angoisse. Mais pourquoi était-ce si difficile ? Elle jeta un coup d'œil par la fenêtre. Il pleuvait. Il ne fallait pas en parler. Les Français disaient toujours qu'en Angleterre la pluie ne s'arrêtait jamais.

Mais pourquoi s'était-elle mise dans une telle situation ? Quinze jours plus tôt, Mrs Bailey, la prof de français, avait annoncé qu'il y avait «un petit problème avec le programme d'échange». Elle avait l'air embarrassé.

«Les choses sont un peu inhabituelles cette année, avait-elle dit. Il y a plus de garçons français volontaires que de garçons anglais. Par conséquent, je crains que quelques filles ne doivent accueillir un garçon. Levez la main si cela ne vous dérange pas.»

Jess avait levé le bras si vite qu'elle avait failli se déboîter l'épaule. Un Français ! Qu'est-ce qu'il y avait de plus sexy qu'un Français ? Jess rêvait tout le temps aux footballeurs français avec leurs yeux noirs et leurs lèvres boudeuses.

Mais maintenant qu'elle essayait d'écrire sa première lettre à son correspondant français, elle regrettait amèrement d'avoir levé la main… Si Édouard avait été une fille, Jess aurait pondu une lettre à toute vitesse. Mais là, elle se sentait gênée. Elle devait paraître accueillante, charmante et mystérieuse, même si elle vivait dans un pays baigné par la pluie.

Je suis ta correspondante anglaise. Je suis désolée d'écrire dans ma langue, mais je suis nulle en français. Je m'appelle Jess Jordan et j'habite un loft avec vue sur plusieurs gratte-ciel scintillants.

*Ma mère est issue de la famille royale du Portu-
gal. On l'appelle Joanna la folle dingue. Mon père
habite Hollywood. Il est producteur de cinéma.
Je suis née par une nuit d'orage où il pleuvait des
rubis…*

Allez, Jess, arrête ton char. Jess froissa sa
feuille. Qui rata la corbeille. Bon, il n'y avait
plus qu'une solution. Elle devait s'imaginer
qu'Édouard était une fille, quitte à lui donner
un prénom de fille. Ensuite, sur la lettre défini-
tive, elle rétablirait la vérité.

Chère Joséphine,
*Salut ! Je suis ta correspondante française.
Je m'appelle Jess Jordan. J'espère que ça ne te
dérange pas que j'écrive dans ma langue. Tu peux
me répondre en français, ma mère le parle. Elle
est bibliothécaire. On habite une petite maison
pas très loin d'un grand parc.*

*Mon père est artiste, il vit au bord de la mer, à
plusieurs centaines de kilomètres. Mes parents sont
séparés depuis plusieurs années mais, papa et moi,
on se parle par téléphone, on s'envoie des e-mails et
des sms. Je le vois quand il descend en ville.*

*Je n'ai ni frère ni sœur, ce qui ne me gêne pas,
mais je n'ai pas d'animal de compagnie, ce qui
est une souffrance quotidienne.*

*Je suis de taille moyenne, j'ai des cheveux châ-
tains tout ce qu'il y a de plus banal, et tellement
de pellicules que ça mérite un prix Nobel.*

Jess barra la dernière phrase. C'était horrible de se décrire. Mrs Bailey avait annoncé qu'ils devaient tous écrire une lettre de présentation accompagnée d'une photo. Ensuite, la prof les ramasserait comme si c'était un devoir, et elle vérifierait tout avant de les envoyer.

« Quelle démarche préhistorique, pensa Jess. À l'ère des e-mails… Mrs Bailey vivait dans une autre époque. »

Cela dit, écrire une lettre, ce n'était rien comparé à l'idée de choisir une photo. Comment Jess pouvait-elle envoyer un cliché où elle ressemblait à une grosse folle ? Ou à une terroriste qui louche et qui a la migraine ? Impossible. Tout à coup, elle eut une idée géniale. Mais d'abord, elle devait terminer sa lettre.

J'aime la musique, surtout le rap. J'adore regarder des feuilletons à la télé et quand j'aurai fini mes études, je veux devenir comique. Et toi ?

Jess était à court d'idées. Son cerveau calait. Elle n'arrivait plus à penser à Édouard comme si c'était une fille, or la pensée d'un garçon la paralysait.

Le téléphone sonna. Jess jeta son stylo, courut à la cuisine et décrocha.

– Allô ?

– Allô, ma chérie ?

C'était sa grand-mère. Jess sourit et attrapa une chaise.

– Mamy ! Comment vas-tu ? Raconte-moi les

dernières nouvelles de ta vie palpitante ! Tu es allée faire du surf, aujourd'hui ?

Il y avait du raisin sur la table. Jess en picora quelques grains. Sa grand-mère répondit par un gloussement. C'était une bonne nouvelle. Depuis la mort de son grand-père, Jess et sa mère étaient un peu inquiètes à son sujet. Mais ce jour-là, sa grand-mère semblait plutôt joyeuse.

— Non, ma chérie, je ne suis pas allée faire du surf. J'ai préféré essayer le saut à l'élastique.

Jess éclata de rire. Sa grand-mère avait vraiment de l'humour.

— Comment vas-tu, ma Jess ? Tu attends les vacances de Pâques avec impatience ? C'est quand, exactement ?

— Je n'en sais rien. Je suis nulle en dates. Mais avant Pâques, de toute façon, on a un échange avec des Français. Le mien s'appelle Édouard.

— Quoi ? Un garçon ? Et comment ta mère a accepté une chose pareille ?

— Oh, c'est passé comme une lettre à la poste parce qu'elle est ravie qu'il soit français et tout ça. Elle rêve d'exhiber son français. Je ne suis pas sûre qu'elle ait même réalisé que c'était un garçon.

— Eh bien, ma chérie, j'espère qu'il est beau gosse !

— Je n'ai pas encore vu sa photo. Mais avec ma chance, il va avoir un gros nez et une verrue sur le menton.

Toutes deux évoquèrent un moment les hommes les plus affreux qu'elles avaient connus. Le laitier de mamy, Geoffroy, était un champion en ce domaine. Malheureusement, il ignorait détenir ce titre. Après quelques autres commérages, sa grand-mère demanda à parler à sa mère.

— Désolée, maman n'est pas là, dit Jess en terminant le raisin. C'est le soir de son cours de yoga.

— Ah oui, j'aurais dû m'en souvenir, dit mamy. C'est dommage. Il y a quelque chose que j'ai vraiment hâte de lui dire.

— Ça m'a l'air intéressant ! De quoi s'agit-il ?

— J'aimerais bien t'en parler, ma chérie, mais je crois qu'il vaut mieux que j'en discute d'abord avec ta mère.

— Je suis très intriguée.

De quoi pouvait bien vouloir parler sa grand-mère ? Aurait-elle un amoureux ? La période de deuil avait assez duré. Peut-être qu'elle s'était trouvé un petit jeune de quarante ans ?

Jess insista :

— Je suis profondément vexée que tu refuses de te confier à moi.

Sa grand-mère gloussa.

— Désolée, ma chérie. Mais c'est un peu… Vraiment… Il vaut mieux que j'en parle d'abord à ta mère.

Jess se sentit tout à coup inquiète. Et si sa

grand-mère était malade? Peut-être que sa bonne humeur n'était qu'une apparence. Jess se sentit mal.

— Tout va bien, mamy? Tu n'es pas malade, ni rien?

— Non, non, ne t'inquiète pas pour ça, ma chérie. C'est plutôt le contraire. Je vais très bien. Mais je rappellerai plus tard. Je n'ose pas en dire davantage pour l'instant, j'ai peur que ça m'attire des ennuis.

— Bon, d'accord. Mais si tu as gagné au loto, n'oublie pas que je suis ta seule petite-fille!

Jess raccrocha et reprit sa lettre. Qui lui semblait encore plus stupide après sa conversation avec sa grand-mère. Il fallait qu'elle repasse en mode correspondance.

Comment on prononce Édouard?

Ça devenait dramatique. On aurait dit qu'elle essayait de faire la conversation pendant une boum.

Un de mes amis, qui s'appelle Fred, dit que ça se prononce E-dou-argh!

Et voilà, elle l'insultait à nouveau! Mais elle avait quand même un peu progressé. Jess barra la phrase sur la prononciation d'Édouard et se lança dans un autre sujet.

Ma meilleure amie s'appelle Flora Barclay. Elle est blonde, grande, sublime et super intelligente. Son père est tellement riche qu'ils vont en vacances aux Caraïbes...

Jess raya le paragraphe sur Flora. Elle était folle, ou quoi, de parler comme ça ? Déjà qu'Édouard allait tomber amoureux de Flora à l'instant où ses yeux noirs de Français croiseraient ses yeux bleus d'Anglaise… Dès qu'un garçon découvrait la merveilleuse Flora, c'était le même scénario.

Elle était blonde, elle était belle et tellement géniale que Jess n'avait qu'à prier pour rester sa meilleure amie. Quoique, ça aurait été plus logique de la détester.

Jess écrivit deux phrases sur son lycée, sa rue et sa maison. Jamais une lettre n'avait été aussi plate. C'était plus drôle de lire les ingrédients sur une bouteille de sauce barbecue.

J'adore les fish and chips et les pizzas, mais on dit que la cuisine française est excellente, alors j'espère bien en profiter quand je viendrai chez toi l'an prochain.

De toute façon, Édouard s'en foutait, de sa lettre. Dès qu'il aurait posé les yeux sur sa photo, il serait sous le charme. Parce que pour ça, Jess avait un plan. Elle ne pouvait pas envoyer une vraie photo. Une vraie photo d'elle, en tout cas. Elle devait faire des retouches.

Son regard erra sur le canapé, où elle avait récemment passé trois divines heures en compagnie de Bling!, le célèbre magazine people.

Laquelle choisir ? Britney ? Scarlett ? Beyoncé ? Évidemment, Jess n'allait pas découper une photo dans un magazine et prétendre que c'était elle.

16

Elle allait demander à Fred de la retoucher avec son ordi et de faire un mix entre sa tête et celle d'une star bien choisie. Jess enviait jalousement les lèvres de Scarlett Johansson et le regard de Beyoncé.

À l'instant où le sublime Édouard débarquerait en Angleterre, il serait fou d'elle. Et tant qu'elle tournerait le dos à la lumière, avec un peu de chance, il ne verrait pas la différence entre la photo et la vraie Jess. Elle enterra rapidement ses doutes, signa la lettre et la glissa dans une enveloppe. Qu'elle ne ferma pas. Elle la laissa ouverte pour la photo.

La photo, c'était quand même le point noir. Mais au moins, elle aurait celle d'Édouard en retour. Et ça, ça allait être l'événement le plus important de la semaine à venir.

2

Jess aperçut Fred le lendemain matin, à l'instant où elle arriva au lycée. Elle le plaqua contre un mur.

— Parsons, j'ai besoin de ton aide ! souffla-t-elle. Il faut que tu transformes l'horrible singe que je suis en déesse de l'écran ce soir même !

Les yeux gris de Fred montrèrent des signes de surprise. Il haussa ses maigres épaules et lui fit un sourire malicieux.

— Et pourquoi ? Je croyais que tu assumais ton poste de présidente à vie du club des Affreux ?

Jess lui donna un coup de poing dans les côtes. Rien que de très habituel. Il accusa le coup, puis lui tira les cheveux. Un prêté pour un rendu… Ils pouvaient maintenant continuer leur conversation.

— Qu'est-ce qui exige une telle révolution ? s'enquit Fred.

— Mon correspondant français, espèce d'idiot !

— Dieu merci, j'échappe à toute cette affaire d'échange, soupira Fred.

Son correspondant avait une mononucléose,

il ne serait donc pas du voyage. Fred se voyait ainsi épargner toute angoisse.

— Il faut que je séduise le bel Édouard, expliqua Jess. Je dois lui envoyer une photo, et vite ! Et elle doit être retouchée, car sinon, je risque de le faire vomir.

— Là-dessus, je ne peux pas dire le contraire, renchérit Fred. Même de vieux amis comme moi peuvent se sentir un peu écœurés quand ils te voient. D'ailleurs, je te prie de m'excuser.

Fred se retourna et fit semblant de vomir discrètement.

— Arrête ton cirque et écoute-moi, lança Jess. Je peux venir ce soir chez toi, c'est bon ? Il faut que je séduise ce Français pour l'épouser et aller vivre à Paris.

— Tu me déçois, soupira Fred. Je pensais que tu voudrais épouser un riche Américain et partir à Los Angeles. Dans ce cas, je me serais fait passer pour ton chien et j'aurais dormi dans une niche dorée avec terrasse. À L.A., les chiens ont une vraie vie de chien.

— Ne rêve pas, lança Jess. Mon chien devra être plus racé que toi !

— Avec le temps, je peux m'améliorer ! protesta Fred. À force d'exercice, on peut devenir parfait. Je sais déjà renifler les lampadaires !

La cloche retentit. Fred jeta un coup d'œil anxieux autour de lui et commença à agiter ses grands bras.

– Bon, bon. Viens ce soir vers huit heures. Pas avant. Je suis au régime «devoirs avant copains» depuis l'histoire du poker chez Jack la semaine dernière.

Jess était sauvée. Elle savait que Fred était un génie en informatique. Elle partit en courant vers la salle de français. Elle allait avoir besoin de tout le français qu'elle pourrait saisir au vol. Comme elle regrettait les nombreux cours passés à lire *Bling!*, le magazine people, sous son bureau au lieu d'écouter Mrs Bailey expliquer les méandres de la conjugaison française. Le présent était le seul temps que Jess était capable d'employer. Et fort heureusement, ce serait sans doute le seul dont elle aurait jamais besoin.

À la pause, elle retrouva Flora au snack. Laquelle était en train d'acheter des chips. En voyant Jess, elle prit un air coupable.

– Prise sur le fait! s'écria Jess.

Flora rougit. Elle était si mignonne. Et puis, c'était si facile de faire rougir Flora. Il suffisait de prononcer le mot «chaton» pour lui faire monter les larmes aux yeux. Et dès que Jess faisait une blague, elle riait aux larmes. Alors que les blagues de Jess n'étaient pas toujours de très bon goût. Parfois, elles étaient même très limites, Flora était donc vraiment gentille.

– Non, se défendit Flora. D'accord, je mange ces chips, mais avec, je ne prends qu'une salade, et je n'ai pas touché au moindre carré de chocolat depuis seize jours.

De toute façon, Flora avait une silhouette parfaite. Jess enviait ses seins idylliques (des vrais, pas en silicone), et ses cheveux blonds qui brillaient divinement au soleil. Flora adorait le soleil, et dès qu'elle apparaissait, il semblait briller plus fort, comme s'il lui rendait son amour.

Jess était plutôt du genre lunaire, avec sa grosse tête plate. Jess était une créature de la nuit. Elle espérait qu'Édouard était lui aussi du genre chauve-souris et chouette. Ils pourraient s'installer au fond du jardin pour regarder les étoiles… Dans le noir, il trouverait sa main, et…

Jess choisit une fajita et un milk-shake au chocolat, supposé allégé en sucre et en matières grasses.

— Bon, dit Jess en agitant *Bling!*. Il faut que tu m'aides à choisir un nez et des lèvres pour ma métamorphose de ce soir.

Un rayon de soleil printanier (sans aucun doute attiré par Flora) éclaira le lycée d'Ashcroft, et Jess et Flora allèrent se blottir sur un banc près du bâtiment des sciences avec *Bling!*. Elles déjeunèrent en attribuant aux stars des notes sur leur sex-appeal. Aucune n'obtenait plus de sept sur dix à leurs yeux. C'était toujours une grande source de réconfort que de repérer un peu de cellulite sur les cuisses d'une célébrité.

— Je suis contente de ne pas accueillir de gar-çon, déclara Flora. C'est déjà assez dur comme ça d'avoir une fille à la maison. Mon père est tellement abominable… Il passe son temps à nous crier dessus. J'ai peur qu'il fasse pleurer Marie-Louise.

— Tu as peur de tout, lui dit Jess en terminant son milk-shake au chocolat dans un bruit de suc-cion peu élégant.

— C'est vrai, reconnut Flora. Je suis une vraie peureuse.

— Qu'est-ce qui te fait le plus peur ? s'enquit Jess.

— Les rideaux du salon chez ma grand-mère, j'ai toujours l'impression que quelqu'un se cache derrière, dit Flora en haussant les épaules. Et les chauves-souris, bien sûr.

Flora plaqua ses cheveux dorés contre son cou comme si elle craignait qu'une chauve-souris diurne égarée dans le lycée vienne s'accrocher à sa chevelure.

— Sinon ? Oh, depuis le jour où j'ai trébuché sur l'estrade il y a deux ans, j'ai peur des remises de prix. Ça a été le pire jour de ma vie.

— Ma mère est tombée dans l'escalier roulant d'une grande surface, un jour. Elle a voulu se rattraper à moi, et elle m'a entraînée dans sa chute.

Jess ferma les yeux et frissonna à ce souvenir. Elle reprit :

— On a atterri dans un tas de salamis en promo. Il y avait bien soixante-dix personnes qui nous regardaient avec l'espoir qu'on soit mortes.

Il y eut un bref silence, pendant lequel Jess et Flora pensèrent à leurs mésaventures passées en triturant leur serviette en papier.

— Je te trouve vraiment courageuse d'accueillir un garçon, dit Flora. Ça peut tourner au cauchemar.

— Et pourquoi? protesta Jess. Le seul problème, c'est que je suis incapable de parler un mot de français! On va devoir communiquer par gestes. Mais qu'est-ce que ça peut faire? Ça va être drôle.

Pourtant, dans un coin de son esprit, elle éprouva un petit frisson de panique.

3

— J'ai retrouvé une photo de toi sur mon ordi, déclara Fred. Elle date du voyage scolaire à Oxford.

— Oh non ! s'écria Jess. Ça remonte à l'année dernière ! J'étais tellement jeune ! Presque encore au stade fœtal ! Et j'avais une coiffure horrible ! J'en ai trouvé d'autres que j'ai apportées sur CD.

— Jette quand même un coup d'œil à ce que j'ai fait, dit Fred avec un mystérieux sourire. Pour ce genre de retouches, tu paierais une fortune à L.A., tu sais.

Il cliqua sur un dossier intitulé *Jess revue et corrigée*.

Un monstre apparut. Jess avait des yeux de grenouille, une gueule de requin et un nez de mouche.

— J'étais en train d'ajouter des fesses de babouin, dit Fred. Ça aurait été la cerise sur le gâteau.

Jess avait envie de lui tirer les cheveux. Lesquels tombaient tristement en mèches sales sur ses épaules. Elle passait son temps à le tanner pour qu'il aille chez le coiffeur. D'un autre côté, c'était très pratique quand il s'agissait de le punir.

Mais cette fois, elle décida de ne pas tomber dans le piège. Elle s'approcha de l'écran, observa l'image avec attention et émit un sifflet d'admiration.

— Ouah! s'exclama-t-elle. C'est vraiment moi? Je vais tomber amoureuse de ma propre image!

— Logique. Vaut mieux que ça soit toi que quelqu'un d'autre. Mais à ta place, je porterais plainte contre mon orthodontiste.

— C'est vrai que les requins ont des dents qui poussent toute leur vie? J'en rêve. Je ferais des économies énormes en dentifrice blanchisseur.

— C'est quoi, le dentifrice? demanda Fred.

— Tais-toi, Parsons, t'es vraiment un clochard, dit affectueusement Jess. Allez, regarde plutôt les lèvres de Scarlett Johansson.

Ils examinèrent une centaine de photos de Scarlett Johansson, de Beyoncé et d'Angelina Jolie.

— Laquelle tu préfères? s'enquit Jess. Pour laquelle tu craquerais?

— Aucune, répondit Fred. Je suis un célibataire endurci. Les filles, ça ne vaut pas le coup. Les garçons non plus, ajouta-t-il à la hâte.

Fred ajoutait souvent quelque chose à la hâte. Comme pour se rattraper. Ce qu'il avait souvent besoin de faire.

25

Ils tentèrent de transplanter les lèvres de Scarlett sur le visage de Jess, mais ça ne marchait pas. Fred réussit tout de même à effacer les boutons de Jess, à lui faire des lèvres plus pulpeuses et à ajouter une étincelle dans son regard. Sur l'écran, tout du moins. Ils imprimèrent le résultat.

— Eh! fit Jess. Pas mal! J'ai presque l'air d'une fille. Ça s'appelle de la chirurgie plastique sans douleur.

— Je peux ajouter un peu de douleur, si tu veux, dit Fred en montrant son poing. Sans frais supplémentaires.

— Quand Édouard et moi serons installés dans notre appartement parisien, tu auras le droit de venir retoucher les enfants, déclara Jess.

— Non, merci, fit Fred. Ces Français sont jaloux comme des poux. Il me provoquerait en duel.

Au rez-de-chaussée, l'horloge de la famille Parsons sonna.

— Oh non, il est déjà tard! s'écria Jess, car sa mère détestait qu'elle sorte en semaine. Bon, merci Fred, je file, tu es génial!

Jess lui tira une mèche de cheveux avec un soupçon de sadisme. Fred lui attrapa le bras et lui fit une torture chinoise.

Quand Jess arriva chez elle, sa mère était au téléphone dans son bureau du premier étage. Jess monta les marches quatre à quatre.

— Bon, d'accord, disait sa mère. Mais on ne peut pas dire que je sois ravie. Appelle-moi demain soir pour me donner des nouvelles. Je sais, je sais… Fais attention à toi. Bonsoir, maman.

— C'était mamy? demanda Jess au moment où sa mère raccrochait. Qu'est-ce qui se passe?

Sa mère examina pensivement ses mains en fronçant les sourcils.

— Oh, rien. Regarde l'état de mes ongles. Je n'ai pas pu retrouver mes gants de jardin.

— Maman, ne change pas de sujet! Qu'est-ce qui se passe avec mamy?

— Rien, dit sa mère en se levant d'un coup. Encore l'une de ses bêtises.

— Quelles bêtises?

— Ce n'est rien. Vraiment.

— Pourquoi tu me mens? demanda Jess. C'est quoi ces mystères autour de mamy?

— Il n'y a pas de mystère. Elle a juste à nouveau de la compagnie.

— Quoi? Elle a un petit ami? s'écria Jess. Génial! Quel âge il a?

— Non, non, ce n'est pas ça, dit sa mère d'un air énervé. C'est une femme.

— Peut-être que mamy cachait son jeu depuis des siècles! Ouah! Ça serait trop cool d'avoir une grand-mère gay!

— Ne fais pas l'idiote comme ça! lâcha sa mère.

Jess reconnut les prémices d'une vraie colère. Elle allait devoir résister à toutes les blagues qu'elle avait envie de faire sur sa grand-mère gay, mais aussi contenir sa curiosité. Sa mère pouvait être très têtue, parfois. Mais quand elle quitta la pièce, Jess la suivit.

— Et si on grignotait quelque chose ? proposa Jess.

— Tiens, cela m'étonnait que tu n'aies pas encore parlé de manger ! répliqua sa mère.

— Tu me connais...

Sa mère allait toujours mieux quand elle avait grignoté un gâteau. Mais elle poussa un grand soupir.

— Non, je n'ai pas le temps. Il faut que je passe l'aspirateur, dit-elle d'un air plaintif. Et aussi qu'on prépare la chambre d'Édouard.

— Où va-t-il dormir ? demanda Jess, tout à coup paniquée. Pas avec moi, quand même !

— Non, il prendra la chambre d'amis. Mais il va falloir qu'on la débarrasse. On a quelques trajets à faire jusqu'à la déchetterie.

— À l'arrivée, ça pourrait être joli, non ? s'enthousiasma Jess. Oh non, j'avais oublié les rideaux à fleurs ! Ça fait trop fille ! Quels rideaux aiment les garçons ?

— Je n'en ai pas la moindre idée, fit sa mère. Honnêtement, cela me semble même une question sexiste.

Jess courut appeler Fred.

— Fred! Quels rideaux aiment les garçons?

— Des rideaux? C'est quoi les rideaux? demanda-t-il.

Classique. Les garçons vivaient vraiment sur une autre planète. Comment Jess allait-elle supporter d'en avoir un chez elle en permanence pendant deux semaines?

4

Jess descendit dans sa chambre, située au rez-de-chaussée à l'arrière de la maison, avec vue sur le jardin. Jess avait une lampe de chevet en forme de crâne, et elle avait accroché un châle noir pailleté au mur. Ses CD étaient tous classés par ordre alphabétique (la seule chose que Jess avait réussi à ranger). Son ours élimé, Raspoutine, régnait sur ce royaume depuis l'oreiller.

Jess avait accroché plein de posters au mur. Surtout d'Eminem. Parfois, elle trouvait que les yeux de Fred ressemblaient à ceux d'Eminem, sauf que Fred était beaucoup moins soigné, avec ses longs cheveux fins et ses bras d'épouvantail.

Sa lettre à Édouard se trouvait sur son bureau. Déjà prête avec le timbre pour la France, et tout ça. Mais elle n'était pas encore fermée. Jess y glissa la photo retouchée et la ferma. Puis, prise d'une étrange impulsion, elle porta l'enveloppe à sa bouche et l'embrassa.

Oh non ! Elle avait fait une trace de rouge à

lèvres! Elle rouvrit l'enveloppe à la hâte, en prit une autre et y glissa la lettre et la photo. Mais le timbre était toujours collé sur l'enveloppe au rouge à lèvres.

— Maman! hurla-t-elle. Tu as des ciseaux et de la colle?

Elle entendit sa mère descendre l'escalier. Jess cacha l'enveloppe incriminée sous le bureau une seconde avant que sa mère apparaisse derrière son épaule.

— S'il te plaît, frappe avant d'entrer. Je n'aime pas quand tu entres comme ça, lui reprocha Jess.

— S'il te plaît, ne hurle pas, répliqua sa mère, passablement énervée. Je te l'ai dit mille fois, quand tu veux quelque chose, viens me le demander poliment.

— D'accord, d'accord. S'il te plaît, est-ce que je pourrais avoir de la colle et des ciseaux?

— À cette heure? Pour quoi faire?

— Je prépare une carte d'anniversaire pour Michelle.

— Qui est Michelle?

Jess venait d'inventer cette amie, sans réfléchir, à l'instant.

— Une fille du lycée. C'est son anniversaire demain, et j'ai complètement oublié de lui acheter une carte. Tu peux me donner des ciseaux et de la colle, s'il te plaît?

Les yeux de sa mère décochèrent des étincelles.

— Va les chercher toute seule ! Tu sais où ils sont ! Dans le tiroir du haut de mon bureau !

— Mais tu étais en train de descendre l'escalier ! Tu aurais pu me les apporter !

— Pour l'amour du Ciel, Jess ! Tu es trop paresseuse !

Sa mère partit d'un pas furieux vers la cuisine et se mit à vider le lave-vaisselle. Jess monta l'escalier d'un pas tout aussi furieux en espérant faire tomber le plâtre du plafond. Elle ouvrit le tiroir avec une telle force que tout ce qu'il contenait vola par terre : les ciseaux, la colle, les trombones, les punaises, les crayons, les stylos, les agrafes, les Post-it…

Folle de rage, elle se baissa pour tout ramasser. Et s'agenouilla sur une punaise… Heureusement, celle-ci était de travers, la souffrance se limita donc à quatre sur une échelle de cinq. Jess rugit malgré tout de douleur. Sa mère n'entendit pas. Elle avait mis la radio pour écouter les informations.

« Je pourrais mourir, pensa Jess, elle ne s'en apercevrait même pas. Elle préfère se tenir au courant des dernières actions terroristes que de protéger sa fille des dangers dans sa propre maison. »

Jess jeta le reste en vrac dans le tiroir et repartit avec la colle et les ciseaux. Elle entra dans sa chambre et claqua la porte. Il fallait maintenant qu'elle récupère la première enveloppe destinée à Édouard pour découper le timbre. Elle se pencha sous son bureau. À cet instant, on frappa à sa porte.

— QUOI ? hurla Jess.

— J'ai mis la bouilloire en route. Tu veux un chocolat chaud ? lui proposa sa mère à travers le battant.

C'était, de toute évidence, une proposition de paix.

— Non ! hurla Jess. Attends, euh, si, merci !

Inutile de continuer la dispute au point de rater un chocolat chaud. Jess tendit le bras à la recherche de l'enveloppe. Et, en se redressant, elle se cogna la tête.

— AAAAAAAAAAAAAH ! hurla-t-elle en se frottant le crâne.

Y avait-il une partie de son corps qui ne souffrait pas ? Avec un haussement d'épaules, elle découpa le timbre et le colla sur la nouvelle enveloppe. Puis elle froissa l'enveloppe pleine de rouge à lèvres et la jeta dans la corbeille. Non ! Il fallait d'abord qu'elle récupère l'adresse d'Édouard.

Jess attrapa l'enveloppe au rouge à lèvres, la lissa et recopia le nom et l'adresse d'Édouard sur la nouvelle enveloppe. Elle avait encore mal à la tête à cause du coup qu'elle s'était donné, et au genou à cause de la punaise.

— J'espère que tu le mérites, espèce de grenouille ! grogna-t-elle à l'intention de l'enveloppe.

Déjà, Édouard l'avait fait souffrir, et il était la cause d'une dispute entre sa mère et elle. Cela dit, elles étaient tout à fait capables de se disputer sans aide extérieure. Jess se demanda comment se serait passée la vie si son père avait vécu avec elles. Cela aurait certainement été bien mieux. Elle poussa un soupir.

Sa mère frappa à la porte. Jess jeta l'enveloppe au rouge à lèvres dans la corbeille et dit :

— Entrez !

Ça faisait quand même un peu formel. Sa mère apparut avec une tasse de chocolat et un biscuit au gingembre sur une assiette.

— Oh, merci maman, c'est adorable ! dit Jess. Je suis désolée d'avoir été si désagréable.

— Moi aussi, déclara sa mère.

Stupidement, elle voulut prendre Jess dans ses bras sans poser l'assiette. Qui glissa et se renversa sur le bras de Jess.

— Aïe ! cria Jess. Maintenant, tu viens de me brûler !

— Je suis désolée, vraiment désolée… fit sa mère en posant l'assiette.

Du chocolat avait coulé sur la lettre destinée à Édouard. Sur la nouvelle enveloppe toute propre !

— Oh non ! s'écria Jess en attrapant un mouchoir en papier pour essuyer le chocolat. Tout va mal ! Absolument tout !

— Ce n'est qu'une petite tache ! dit sa mère

d'un ton coupable. Et puis, les Français adorent le chocolat.

— Je ne suis pas certaine qu'ils aiment les taches de chocolat sur les enveloppes, gémit Jess. Mais pourquoi tout va si mal aujourd'hui ?

— Mercure rétrograde, répondit sombrement sa mère. (Comme la plupart des anciens hippies, sa mère croyait sincèrement à l'astrologie.) Elle ajouta : D'ailleurs, la voiture n'a pas voulu démarrer ce matin.

— La voiture n'a pas voulu démarrer parce que c'est un tas de boue, dit Jess.

— Peu importe, dit sa mère. Montre-moi ta carte.

— Quelle carte ?

— La carte que tu fabriquais pour Michelle.

— J'ai décidé de reporter ça à demain matin, répondit Jess. Je suis trop fatiguée. Mon cerveau est déjà en veille. Et puis, en fait, je n'aime pas beaucoup Michelle. Peut-être que je vais laisser tomber.

— Oh non, ce n'est pas gentil ! Fais-lui une carte demain matin, insista sa mère. Sinon, tu t'en voudras. Il me semble bien que sa mère est inscrite à la bibliothèque.

Elle embrassa Jess et partit. Jess sourit. Michelle était tout droit issue de son esprit, cette fille n'existait tout simplement pas. Et pourtant, la mère de Jess croyait déjà connaître sa mère.

«Dieu, je t'en supplie, pria Jess. Fais que maman ne pète pas un câble quand Édouard sera là!»

Après avoir terminé son chocolat chaud, Jess rapporta la tasse à la cuisine, où sa mère était en train de passer l'éponge sur la gazinière tout en écoutant les nouvelles. Jess mit sa tasse dans le lave-vaisselle. Sa mère la regarda avec stupéfaction.

— Qu'est-ce qui se passe? s'enquit-elle. Pourquoi tu n'as pas caché ta tasse sale sous ton lit, comme d'habitude?

— Je préfère ignorer cette remarque perfide, décréta Jess. Il faut que la maison soit propre pendant le séjour d'Édouard. Je m'y mets dès ce soir. Par ailleurs, si tu pouvais nous débarrasser de ces toiles d'araignées, maman…

— Tu sais bien que j'adore les araignées, dit sa mère. Elles attrapent les mouches. Or, je déteste les mouches. Est-ce que tu accepterais qu'un invité fasse ses besoins dans ton sucrier?

— Tais-toi! protesta Jess.

Une seconde, elle n'avait pu s'empêcher d'imaginer Édouard en train de… Cette image la poursuivrait jusqu'à la fin de sa vie.

— Ce n'est pas une raison, reprit Jess. Enlève quand même ces toiles d'araignées. On dirait la maison de la famille Addams.

— Bon, bon, fit sa mère. Mais si tu veux que la maison soit propre pour l'arrivée d'Édouard, tu as intérêt à me donner un coup de main.

— Bien sûr ! Mais c'est toi qui t'occupes des araignées ! Tu sais que je les déteste.

Le téléphone sonna. Sa mère fronça les sourcils en regardant l'heure. Elle ne supportait pas que quelqu'un appelle après vingt-deux heures. Jess se sentit aussitôt coupable, même s'il n'était que dix heures dix. C'était sans doute Flora ou Fred. Elle se jeta sur le combiné.

5

— Allô? fit Jess.

— Allô, fabuleuse créature! Ici ton vieux père.

— Papa! s'écria-t-elle avec joie. C'est papa! lança-t-elle à sa mère.

— J'avais compris, répondit sa mère d'un ton sarcastique.

Laquelle quitta la cuisine, comme si elle avait quelque chose d'important à faire, tout d'un coup.

— Maman te dit bonjour, fit Jess.

— Moi aussi, dit son père, d'un ton un peu nerveux.

Les parents de Jess étaient vraiment des attardés. Bon, d'accord, ils avaient divorcé, mais même après toutes ces années, ils continuaient à être mal à l'aise l'un avec l'autre. Les parents de Jodie aussi étaient divorcés, mais ils partaient quand même en vacances ensemble, même si le père de Jodie avait une nouvelle femme, un bébé et tout ça. Jess aurait bien aimé que ses parents soient un peu plus cools.

— Bon, comment va le merveilleux St Ives?

demanda Jess. Je suis tellement jalouse ! J'aimerais tant habiter là-bas ! J'ai envie d'entendre le cri des mouettes. Mets ton téléphone près de la fenêtre.

— Mais il fait nuit, ma pauvre fille ! Les mouettes dorment, à cette heure !

— Ne me traite pas de pauvre fille. Ça me donne l'impression d'être grosse et moche.

— Je refuse de te mettre sur une balance. Tout ce que je peux dire, c'est qu'au téléphone tu me sembles une merveilleuse jeune fille.

— C'est juste parce que je contrôle ma voix. Vraiment, je n'ai pas l'air d'une pauvre fille ?

— Mais je n'en sais rien ! dit son père en riant. Je téléphone pour parler d'art, et je me retrouve avec des considérations bassement terre à terre.

Dans le couloir, la mère de Jess mit l'aspirateur en marche. Classique. À croire qu'elle voulait aspirer son ex-mari.

— Quel est ce bruit ? s'enquit-il. On dirait une soucoupe volante en train de se poser.

— C'est juste maman qui passe l'aspirateur, expliqua Jess. Attends, je vais fermer la porte.

Elle posa le combiné et alla mettre fin au vacarme. Elle adorait parler à son père. Si seulement sa mère pouvait partager sa joie…

— Papa, tu es encore là ? demanda Jess en reprenant le combiné.

Il y eut un silence.

— Papa ? répéta-t-elle d'un ton inquiet. PAPA ?

— Je suis là ! Je jouais à cache-cache. C'est plus facile par téléphone.

— J'entendais ton étrange respiration, dit-elle. Mais je croyais que tu t'étais évanoui ou quelque chose comme ça.

— Non, non, mais si ça continue, je vais tomber malade de stress.

— C'est ça ! Le stress de vivre au bord de la mer ! Je veux venir te voir à St Ives ! Je suis trop jalouse ! Je n'ai toujours pas vu ta maison !

— Justement, j'ai une proposition à te faire, dit son père. Je fais une exposition, bientôt. Je vais t'envoyer un carton avec toutes les indications. Et je viens juste d'avoir une idée géniale. Si tu venais au vernissage ? C'est un samedi soir, à dix-huit heures. Ta mère pourrait te mettre dans le train le samedi matin, et je viendrais te chercher à la gare. Tu dormirais ici le samedi soir, on se ferait un bon déjeuner dans un restaurant avec vue sur le port le dimanche, et tu repartirais dans l'après-midi.

— Oh oui ! Génial ! Je vais tout de suite voir maman !

— Non, attends. Ne lui demande pas tout de suite. Surtout si elle est en train de passer l'aspirateur. L'aspirateur, ce n'est jamais bon signe. Attends le bon moment.

— Et si tu lui demandais toi-même ?

— Non, non. Je n'ai pas tes qualités d'enjôleuse ! répondit son père, tout à coup crispé. En fait… Je n'ai jamais su obtenir quoi que ce soit d'elle. Toi, tu sais, tu peux l'amadouer avec un bouquet de fleurs ou… faire la vaisselle, quelque chose comme ça.

— Ne t'inquiète pas, je m'en occupe. J'en rêve déjà ! Comme ça, je verrai ta maison et tout ça ! Génial, génial !

— Je pense que tu es assez grande pour voyager toute seule, maintenant. Tu as quel âge, pour finir ? Trente-cinq ?

— Ça fait des années que j'ai l'âge de voyager toute seule, papa, rétorqua Jess.

— Je sais, je sais… dit son père en reprenant en mode blagueur, même s'il semblait toujours un peu tendu. Tu as toujours été bien plus adulte que moi. Même quand tu n'étais encore qu'un bébé.

— Eh oui, plaisanta Jess. Je suis une vieille peau. Et ma voix ressemble à un cri de corbeau. Tu me l'as dit, un jour. C'était pour que j'arrête de chanter dans la voiture. Tu as vraiment du tact.

— J'adore les corbeaux. Quoique je trouve les corneilles plus majestueuses. Quant aux merles, ils sont…

— Arrête avec tes histoires d'ornithologie ! protesta Jess en riant. Je déteste les oiseaux !

— Bon, je te laisse. Je n'avais pas vu qu'il était si tard. Je sais ce que ta mère pense des gens qui téléphonent après vingt-deux heures. Ouh là! J'espère que ça ne va pas te porter la poisse. Sinon, je vais devoir m'aplatir comme une carpette devant elle.

— Bonsoir papa! Je t'appelle dès que j'ai réglé ça.

— Bien! Bonne fille! Et embrasse ta mère pour moi. Et toi aussi, splendide créature.

— Salut papa, je t'aime!

Jess raccrocha avec joie et courut à l'étage. Sa mère était sur le palier, sourcils froncés, en train d'aspirer le plafond. Jess savait que ce n'était pas le moment de lui demander quoi que ce soit. Son père avait raison. Mais ce fut plus fort qu'elle.

— Maman! Coupe l'aspirateur une minute!

— Mais c'est toi qui m'as suppliée d'enlever les toiles d'araignées! grogna sa mère. Il en reste encore dans les coins.

— Ce n'est pas grave! Il faut que je te raconte ce que papa vient de me dire.

— Une minute! J'ai presque fini.

Jess attendit. Ce qui lui permit de se calmer un peu. Sa mère faisait exprès de la faire poireauter à cause de son père. Jess n'avait jamais vraiment compris la raison de leur divorce, il y avait tant d'années. Elle n'était encore qu'un bébé. Au fond d'elle-même, elle craignait de découvrir un jour qu'ils s'étaient séparés à cause de leur fille unique.

Sa mère éteignit l'aspirateur. Le moteur émit un dernier écho dans la cage d'escalier. La confiance de Jess chuta en même temps que le bruit. Elle regrettait maintenant de ne pas avoir attendu le bon moment.

— Papa t'embrasse, dit-elle. Je lui ai répondu que toi aussi.

— Très bien, dit sa mère d'un air furieux.

Jess fit un effort immense pour présenter l'invitation de son père de façon positive.

— Maman, écoute ça! C'est génial! Papa m'invite à son vernissage! Il dit que tu peux me mettre dans le train le samedi matin, qu'il ira me chercher samedi soir et que je reviendrai le dimanche. Ça va être génial! S'il te plaît, est-ce que je peux accepter? Je n'ai encore jamais vu sa maison, et je meurs d'envie d'aller là-bas!

— Et tes devoirs? lança sa mère d'un air soupçonneux.

— Je les ferai dans le train! J'aurai des heures devant moi. Je te le promets.

— Et c'est quand? demanda sa mère nerveusement.

— Euh… Bientôt. Je crois qu'il a parlé du dix-sept.

Le visage de sa mère s'emplit d'exaspération. Mais d'une exaspération satisfaite. Comme si elle avait tout à coup un bon prétexte pour refuser.

— Classique! s'exclama-t-elle. C'est le week-end où le Français arrive. C'est impossible. C'est typique de ton père. Je lui ai envoyé un e-mail pour lui parler de cet échange. Je lui ai même demandé s'il ne pouvait pas venir s'occuper un peu d'Édouard. Je suppose qu'il ne t'en a pas parlé.

— Non, avoua Jess.

Elle se sentait désespérée. La perspective d'aller voir son père semblait fondre comme neige au soleil, ou comme un poème écrit sur un papier enflammé. Un torrent de larmes se forma en elle. Elle avait envie de hurler. Pourquoi sa vie était-elle un tel cauchemar ?

— Je vais me coucher, annonça-t-elle.

Elle n'embrassa pas sa mère et fila dans sa chambre en claquant la porte.

Dans son lit, folle de rage, elle s'imagina avoir de meilleurs parents. Si seulement elle avait pu faire un échange de parents. Pour Madonna et Brad Pitt, par exemple. Ou Samantha Jones, de *Sex and the City*. Le sexe en moins, bien sûr. Et... euh... pourquoi pas Frasier ? Pour finir, Jess sombra dans un sommeil agité où elle rêva que son père était Premier ministre.

Le lendemain matin, le petit déjeuner fut tendu, mais ni Jess ni sa mère n'évoquèrent l'incident de la veille. La radio fit presque toute la conversation. Jess embrassa sa mère en partant au lycée, et sa mère lui tapota la manche d'un air pathétique.

— Je t'aime, malgré mes humeurs, dit sa mère d'un ton bourru.

— Moi aussi, malgré tes humeurs, dit Jess.

C'était une trêve, certes délicate, comme d'habitude. Si seulement le père de Jess avait pris conscience que la date de son exposition correspondait à la visite d'Édouard… Si seulement les parents de Jess se parlaient, au lieu d'utiliser leur fille comme intermédiaire.

Jess soupira. Elle devait réconcilier ses parents pour éviter ce genre de gaffe. Il fallait aussi qu'elle découvre ce qui se passait avec sa grand-mère. Mais, pour l'instant, l'énigme la plus palpitante était de savoir à quoi ressemblait Édouard.

6

Quelques jours plus tard, les lettres et les photos des correspondants français commencèrent à arriver. La première fut pour Jodie. C'était une amie de Jess, même si elles n'étaient pas aussi proches que Flora et Jess. Jodie était petite avec des cheveux noirs et un visage couvert d'acné. Elle était drôle, mais tellement pleine d'énergie et d'enthousiasme que, parfois, ça fatiguait Jess. Et quand elle était de mauvaise humeur, elle pouvait être terrible. Mais le plus souvent, elle était gentille, juste un peu prétentieuse.

— Devinez quoi ! dit Jodie en arrivant dans la classe avant l'appel du matin. J'ai reçu une lettre de Nicolas, et voici sa photo !

Tout le monde se rassembla autour d'elle.

La photo était en réalité une simple photo d'identité. Nicolas ne souriait pas. Il avait des cheveux noirs plaqués en arrière, des lèvres fines, et il portait des lunettes sans monture. Il avait aussi les oreilles un peu décollées. L'éclairage du Photomaton n'était pas très bon, ce qui lui donnait un air sinistre.

— Un futur pédophile, sans aucun doute, déclara Fred.

— Tais-toi, Fred! fit Jess en lui donnant un coup de poing dans les côtes. Il a l'air génial. Il ressemble un peu au type qui jouait dans *Le Patient anglais*.

Mais en secret, Jess devait bien le reconnaître, Nicolas avait l'air bizarre.

— Son père est pâtissier, annonça Jodie. Il fait des gâteaux. Je vais faire exploser mon jean quand j'irai là-bas.

— Moi aussi! dit Jess. En France, je vais me gaver de croissants pour toute l'Angleterre!

À ce moment-là, Flora arriva avec une photo de sa correspondante, Marie-Louise. Tout le monde se rassembla à nouveau. Marie-Louise était assez jolie, quoique banale avec ses cheveux bruns bouclés et son sourire ringard.

— Trois sur dix en sex-appeal, déclara Whizzer, toujours aussi vulgaire.

— Toi, tu n'aurais même pas un sur dix, dit Jess. Et ton correspondant risque d'avoir besoin d'un psy pour se remettre de son séjour chez toi.

Jess était embêtée qu'Édouard n'ait pas encore pris la peine d'envoyer sa lettre et sa photo. Elle le détestait déjà.

Mais le lendemain, la lettre d'Édouard était

là. Le facteur l'avait glissée sous la porte. Jess déchira l'enveloppe avec des mains tremblantes. Son cœur battait la chamade. Et s'il était moche ? La minuscule photo tomba face contre terre. Jess la ramassa à la hâte.

Mon Dieu ! Il était adorable ! Édouard avait des cheveux bruns épais, de grands yeux marron et de magnifiques lèvres boudeuses. Il avait aussi un nez droit et des oreilles délicatement plaquées contre son crâne, pas décollées comme Nicolas. Jess décida qu'elle ne le détestait plus.

Elle déplia la lettre, qui était écrite sur une feuille pleine de petits carrés bleus. L'écriture d'Édouard était étrange, avec des boucles, et il faisait ses r comme au XIX\ :superscript:`e` siècle.

Bonjour Jess, écrivait-il.

Je me présente à toi, je suis ton correspondant français. Mon nom, c'est Édouard, j'habite à Chignon-sur-Forgue. Mon père est architecte et ma mère institutrice. J'ai un frère, Alain, qui a 19 ans et une sœur, Alice, qui a 10 ans. Notre maison est sur la rivière. On a des chiens trop mignons qui se nomment Hector et Joubert. J'ai hâte de te voir. J'aime la voile, les échecs et l'entomologie. La matière que je préfère, c'est les maths. Après l'école, je veux devenir ingénieur. J'aime bien l'Angleterre, et mon équipe de foot préférée, c'est Manchester United. S'il te plaît,

dis à ta mère que je suis allergique aux groseilles.
S'il te plaît, écris-moi sur toi et envoie ta photo,
  Je t'embrasse bien fort
  Édouard

« Envoie ta photo ? » De toute évidence, la photo retouchée de Jess n'était pas encore arrivée. Quant à « Je t'embrasse bien fort », c'était un peu prématuré ! Mais quelle gentille lettre ! Apparemment, Édouard était un garçon super. Jess espérait juste qu'il ne se tromperait pas trop de mots quand il lui parlerait. Ou plutôt, elle espérait que si.

— Maman ! cria-t-elle. Il y a une lettre d'Édouard !

Sa mère était agenouillée dans la cuisine en train de nettoyer le four en l'honneur de la visite d'Édouard. S'il ouvrait le four, il serait impressionné. En fait, la chambre d'amis qu'elles étaient en train de préparer était tellement petite qu'il aurait mieux fait de dormir dans le four.

— Oh, je veux voir ça ! dit sa mère en se lavant les mains.

— Et il a envoyé une photo, dit Jess en la tendant à sa mère. Il me rappelle quelqu'un, mais je ne sais plus qui.

— Colin Firth jeune, sauf pour les lèvres, dit sa mère sans hésiter. (Si seulement la mère de Jess avait eu la bonne idée d'aller vivre à Hollywood, elle aurait pu devenir directrice de casting, plutôt que bibliothécaire ringarde.) Tu sais, celui qui joue Mark Darcy dans *Le Journal de Bridget Jones*.

— Oui, oui, fit Jess. Édouard est peut-être le fils perdu de Colin Firth. Pourtant, il dit que son père est architecte.

— Architecte ? Quelle classe ! (Parfois, la mère de Jess était un peu snob.) Je peux lire la lettre ?

Sa mère était incroyablement polie depuis leur dispute de la veille. Elle prit la lettre et, au grand étonnement de Jess, la renifla.

— Arrête, maman ! Qu'est-ce qui te prend ? C'est dégoûtant ! Tu espères quoi ? Du parfum, ou un truc comme ça ?

— Non, c'est juste… Que j'adore l'odeur du papier français, répondit-elle.

Elle était vraiment bizarre, des fois.

— Il dit qu'il est allergique aux groseilles, dit Jess.

Sa mère ne répondit pas. Elle dévorait les lignes des yeux. Grâce à son métier de bibliothécaire, elle pouvait lire à la vitesse de la lumière.

— Les groseilles, c'est très embêtant, dit-elle en souriant avant de rendre la lettre à Jess. Je prévoyais d'en mettre à tous les repas. Des œufs au bacon et aux groseilles au petit déjeuner.

— Des sandwiches à la tomate et aux groseilles au déjeuner ! ajouta Jess.

— Et de la pizza aux groseilles le soir ! Bon, aucune importance. Il a l'air très gentil.

— C'est quoi ce «Je t'embrasse bien fort»? dit Jess en rougissant.

— Oh, les Français disent ça tout le temps, lui expliqua sa mère. Ou alors, ils mettent *Bons baisers**. C'est comme ça qu'ils terminent une lettre. Tu écris ça aussi bien à ta tante, à ton vieux grand-père qu'à ta correspondante anglaise.

Jess se sentit déçue, mais tenta de ne rien laisser paraître. Elle se demanda ce qu'Édouard dirait s'il devenait fou d'elle — ou plutôt, quand il le deviendrait, et combien de temps il lui faudrait pour en arriver là.

Ça ne serait pas simple de faire la connaissance intime d'Édouard. Au lycée, il y aurait ses amis. Et à la maison, sa mère serait sans cesse en train de les surveiller, de peur qu'ils jouent… aux groseilles.

Tout à coup, une idée traversa l'esprit de Jess. Elle en bondit presque d'excitation. Mais pour ça, elle devait appeler son père. En secret.

---

* Tous les mots en italique suivis d'un astérisque sont en français dans le texte original (*N.d.T.*).

7

— Je sors m'occuper des jonquilles avant la nuit! annonça la mère de Jess.

Génial! Le moment parfait! À croire que, pour une fois, Dieu était à ses côtés.

— Merci, beau gosse! murmura Jess au Divin.

Elle attendit de voir sa mère disparaître dans le jardin, puis elle courut dans son bureau et se jeta sur le téléphone.

— Papa! hurla-t-elle à l'instant où il décrocha. Tu sais, je ne pouvais pas venir à ton exposition à cause du Français…

— Oui, oui, je sais! Mais il a déjà eu son accident? J'ai payé un sorcier pour qu'il lui jette un sort, je ne pensais pas que l'effet serait aussi rapide!

— Non, non, protesta Jess en éclatant de rire. Écoute plutôt ça! Je dois faire vite, parce que maman est en train de s'occuper des jonquilles. Je ne sais pas combien de temps elle va mettre!

— Crois-moi, s'il s'agit de jonquilles, tu es tranquille pour un moment.

— Bon, voilà, fit Jess. Qu'est-ce que tu penses

de cette idée : je viens à ton vernissage avec Édouard !

Il y eut un bref silence horrifié.

— Euh… Et il faudra que je lui parle ? demanda son père. En français ? Je ne suis pas très à l'aise avec les inconnus.

— Tu n'auras pas besoin de lui dire un mot ! promit Jess. Je ferai toute la conversation. De toute façon, il parle anglais. J'ai reçu une lettre de lui. Il n'y aura aucun problème.

— Euh, et il dormira où ? demanda son père, tout à coup vieux jeu.

— Sur le canapé ! s'écria Jess. Tu as bien un canapé, non ? Ou sous la table de la cuisine ! Aucune importance !

Il y eut un autre silence, cette fois plus long, ponctué d'étranges *hum* et autres *ah*.

— Allez, papa ! supplia Jess. Dis oui ! C'est tellement important pour moi ! Je suis si déçue de rater ton expo ! Et je serai si fière devant Édouard !

Dans son imagination, Édouard et elle se mêlaient à des personnes distinguées qui sirotaient du champagne, tandis que son père, qui avait plus de cheveux que d'habitude et de plus belles dents, était interviewé pour la télé par une journaliste vêtue de cuir noir. Édouard la dévisageait et lui soufflait : «Ton père a *très beaucoup* de talent. Et toi, Jess chérie ? » La pièce était pleine de gens célèbres, du coup ils étaient serrés l'un contre l'autre, et le souffle d'Édouard faisait presque fondre son mascara.

— Bon, d'accord, dit son père. Mais tu dois soumettre l'idée à Hitler.

C'était une référence évidente à sa mère. Jess entendit la porte du jardin au rez-de-chaussée.

— Génial! dit-elle. Hitler rentre de sa cueillette. Je vais lui demander tout de suite.

— Bonne chance. Tu vas en avoir besoin, ajouta-t-il d'un ton sinistre.

— Mais non! protesta Jess. Commande plus de petits-fours pour le vernissage, parce qu'on y sera!

Elle raccrocha et courut au rez-de-chaussée. Quelle idée géniale! Elle aurait des heures et des heures en tête à tête avec Édouard! Et ils pourraient arpenter les petites rues pittoresques de St Ives main dans la main. Ou alors s'asseoir enlacés sur la plage pour regarder la mer. Sans oublier le long voyage en train à l'aller. Et le retour… Ils se dévoreraient des yeux pendant tout le trajet. Jess en pleurait presque de joie.

— Maman! s'exclama-t-elle. Tu sais que la visite d'Édouard coïncide avec l'expo de papa? Eh bien, j'ai eu une idée géniale. Et si Édouard m'accompagnait là-bas? Papa est d'accord. Édouard pourra dormir sur le canapé. Et puis comme ça, il me tiendra compagnie dans le train, et tout ça. Ça sera plus sûr si je ne voyage pas toute seule, non?

Jess attendit la réponse de sa mère. Elle oscillait

entre un monde de paillettes et un trou noir. Sa mère pouvait la faire basculer à sa guise dans l'un ou l'autre. Malheureusement, ses yeux décochèrent des étincelles, et Jess sentit un orage se préparer.

— Non !

L'éclair qui passa près de son oreille droite faillit la carboniser.

— C'est hors de question ! C'est une idée stupide !

— Mais tu as dit que tu voulais que papa prenne un peu Édouard en charge. Qu'il t'aide !

— Non, Jess ! Ce n'est pas possible ! Déjà, qui va payer son billet ? Tu n'as aucune idée de combien ça coûte, d'aller à St Ives en train !

— Moi, je le paierai ! répondit Jess. Avec mes économies.

— Pas question ! cria sa mère, tandis que des flammes lui sortaient des narines. De toute façon, je dois contresigner tes retraits, alors n'y compte pas. Je refuse que tu dépenses tes économies pour un voyage de ce genre ! Et puis, Édouard ne voudra pas aller à St Yves. Il ne voudra pas quitter ses amis français. Il voudra passer une partie du week-end avec eux. Ils auront sans doute même prévu une excursion.

Jess sentit son moral tendre vers zéro. Elle avait basculé dans le trou noir.

— Mais papa voulait rencontrer Édouard… dit-elle lamentablement.

– S'il a tellement envie de le rencontrer, dis-lui de venir ici et de nous inviter à dîner. Ça, ça serait utile.

– Mais papa avait tellement envie de me voir ! gémit Jess.

– Il connaît notre adresse, dit sa mère d'un ton horriblement sarcastique. Sur ce, je vais prendre un bain.

Elle partit. Le rêve de Jess gisait à ses pieds. Son cœur n'était plus que cendres.

Elle appela son père, de la cuisine cette fois, pour que sa mère n'entende pas depuis la salle de bains.

– Papa, dit-elle tout bas. Je suis dégoûtée. Maman a dit que c'était hors de question.

– Hum, fit son père. Je m'en doutais un peu. (Il n'avait pas l'air aussi déçu que Jess l'espérait.) Je suis désolé, vieux haricot.

– Elle dit que si tu veux vraiment l'aider, tu n'as qu'à venir nous voir et nous inviter au restaurant.

– J'adorerais, bien sûr, dit son père à la hâte. Mais dans la mesure où cette expo a lieu juste pendant les deux semaines où Édouard est en Angleterre, ça va être impossible... Je ne peux pas bouger d'ici, tu comprends. Ce n'est qu'une toute petite galerie.

L'idée d'un vernissage à paillettes s'évanouit dans la tête de Jess. Elle était trop déçue pour dire un mot de plus.

Il y eut un long silence maussade.

— Allez, fit son père. Ce n'est pas grave. De toute façon, je ne suis pas très fort pour parler aux inconnus.

— C'est toi que ça console, surtout, fit Jess d'un ton acide. Bon, je te rappelle bientôt.

Elle raccrocha avant que son père ait le temps de répondre. Des fois, il était adorable, mais à d'autres moments, c'était une véritable mauviette. Jess soupira si fort qu'elle craignit de se démettre une côte. Après une telle déception, il ne lui restait qu'une seule issue : contempler la photo d'Édouard dans son agenda en se gavant de tortillas et de guacamole.

Le lendemain fut plus glorieux. Jess apporta la photo au lycée. Une foule se rassembla. La plupart des correspondants français avaient maintenant envoyé leur photo. Tom ressemblait à un cochon, Alice à une mendiante, Charles à un gangster.

— Et voici Édouard ! triompha Jess en exhibant la photo.

— Ouah !

— Il est trop mignon !

— Qu'il est beau !

Toutes les filles allaient vouloir sortir avec lui, ces garces. Jess devrait établir un cordon de sécurité autour de lui.

Elle sentit la présence de Fred derrière elle.

— T'en penses quoi, Parsons? demanda-t-elle en se retournant.

Fred sourit.

— C'est ce que j'appelle un beau gosse, dit Fred. Il a reçu ta photo? J'entends presque son rire sardonique. Comment tu vas t'en sortir? Avec un sac en papier sur la tête? Un masque d'Halloween? Je crois en avoir un dans mon garage. Tu peux l'emprunter, si tu veux.

Jess lui tira les cheveux très fort, et il lui pinça vicieusement le lobe des oreilles. Elle détestait que Fred se moque d'elle comme ça. Car il savait combien elle craignait ce qu'Édouard penserait d'elle en voyant sa photo, sans parler de son vrai visage.

Deux jours plus tard, il y avait une nouvelle lettre d'Édouard. Ou plutôt, une carte postale, mais dans une enveloppe. La carte représentait une mairie éclairée de nuit. Débileville, sans aucun doute. Mais Jess ne perdit pas de temps avec ça.

Chère Jess, j'ai reçu ton lettre avec ta photo, disait Édouard de sa jolie écriture ronde. *Tu es très mignon. Je suis impatient de te voir en Angleterre. Je compte chaque jour. Ma mère dit d'envoyer le bonjour à ta mère. On se voit le 21.*

Ton ami Édouard.
Bons baisers*.

Bons baisers! Il avait écrit ça! Et il avait dit qu'elle était très *mignon*! Il était trop chou! Et il n'avait pas émis le moindre rire sardonique devant sa laideur, au contraire, il l'embrassait! Ouah!

Jess était très excitée et, en même temps, terrorisée. Qu'allait-il se passer quand ils seraient face à face? Quand Édouard découvrirait son vrai visage, et non une photo retouchée? Jess le saurait bientôt.

8

Édouard devait arriver à minuit. Rien que ça, c'était très excitant. Apparemment, ils avaient fait un très long voyage depuis la France. Ils seraient épuisés. Chaque famille anglaise était venue en voiture et attendait maintenant dans la cour du lycée plongée dans l'obscurité. L'atmosphère était presque sinistre.

— C'est idiot, critiqua la mère de Jess. Ils vont être crevés. Mais pourquoi ne sont-ils pas venus en avion ?

— Arrête de me demander ça ! protesta Jess. Parles-en à Mrs Bailey. Je suis sûre qu'elle sera ravie de te donner une bonne raison.

D'ailleurs, où était Mrs Bailey ? Où étaient les amis de Jess ? Dans le noir, elle ne distinguait que quelques phares qui s'allumaient de temps en temps et éclairaient de petits groupes en train de discuter.

— Je sors chercher Flora, déclara-t-elle.

Maintenant que c'était le grand moment, Jess se sentait folle d'inquiétude. Mais d'un autre côté, rencontrer enfin Édouard lui faisait battre le cœur à toute allure. Il avait dit qu'elle était *mignon* et lui avait envoyé des baisers ! Jess avait sa carte postale avec elle. Dans sa poche. Elle était tout écornée, mais elle lui donnait du courage. C'était la preuve qu'Édouard l'aimait bien. D'autant qu'il était, d'après sa photo, l'un des plus beaux correspondants français.

Flora surgit de l'obscurité et attrapa Jess par le bras. Jess était contente qu'il fasse noir. Quand Édouard verrait Flora à la lumière du jour, Jess n'existerait plus à ses yeux.

– Oh mon Dieu, comme je suis inquiète, fit Flora. Est-ce que je vais bien m'entendre avec Marie-Louise ?

– Mais oui. Elle a l'air gentille et sympa, et elle a aussi le tact de ne pas être fabuleusement belle. Qu'est-ce que tu peux espérer de plus ?

Tout à coup, de gros phares balayèrent la route. Le bus ! Ils étaient là ! Flora et Jess se serrèrent l'une contre l'autre, à la fois excitées et effrayées.

– Mon Dieu ! fit Jess. Une nouvelle invasion normande !

Ils avaient étudié la bataille d'Hastings en cours d'histoire et leur cœur était allé du côté du roi anglais, qui s'appelait Harold Godwin. Mais Harold avait reçu une flèche dans l'œil, et Guillaume le Conquérant avait remporté la bataille.

– Peut-être que tu seras conquise par Édouard,

dit Flora. Et qu'il te réduira en esclavage. Je vois déjà la scène.

— Oh non! protesta Jess. Si quelqu'un doit être réduit en esclavage, ça sera lui! Tu vas voir ça, un peu!

Le bus s'immobilisa et fit un demi-tour totalement inutile qui ne fit que prolonger l'attente et emplir l'air de monoxyde de carbone. Des visages pâles et flous regardaient par les vitres, mais on ne distinguait pas leurs traits. Impossible de dire s'il s'agissait de filles ou de garçons.

Pour finir, le chauffeur arrêta le bus, coupa le contact et ouvrit la porte. Une prof d'anglais française apparut. Apparemment, c'était une femme, même si dans l'obscurité, avec son anorak et son chapeau de laine, on pouvait en douter. Elle alla saluer Mrs Bailey, la prof de français anglaise. Toutes deux se serrèrent la main et s'embrassèrent sur chaque joue. Cela dura des siècles. La prof d'anglais française parlait anglais pour montrer sa maîtrise de la langue, et la prof de français anglaise parlait français pour montrer qu'elle était aussi forte. À part elles, tout le monde s'impatientait en bâillant.

— Bien! lança Mrs Bailey en montant sur les marches du bus pour attirer l'attention. À mesure que les élèves français vont descendre, j'appellerai le nom de leur hôte anglais.

Un Français assez mignon mais rondelet fut

le premier à apparaître. Les profs français et anglais comparèrent leurs listes.

– George Simpson ! appela Mrs Bailey.

– Simpson a récolté un gros cul ! souffla Jess. Mais il a quand même l'air sympa.

– Ouais, fit Flora. Du genre nounours. Parfait pour les mois d'hiver.

Une toute petite fille blonde apparut, vêtue d'une horrible veste rose matelassée.

– Zéro pour le look, fit Jess. On dirait une crevette.

Flora partit dans un éclat de rire.

– Bon, ça va durer toute la nuit ? Je dors déjà.

– On dort tous. C'est un cauchemar.

«Allez, Édouard», pensa Jess.

– Euh… Justine Barraclough ! appela Mrs Bailey.

Justine se fraya un chemin dans la foule et prit possession de la crevette. Puis un grand et beau garçon apparut.

– Je parie que c'est Édouard, souffla Flora. Il est génial !

Le cœur de Jess se mit à battre très fort, et elle se prépara à aller accueillir son prince charmant.

– Jodie Gordon ! appela Mrs Bailey.

Oh non ! Ce n'était pas Édouard, c'était Nicolas ! Nicolas, qui était si étrange sur sa photo avec ses oreilles décollées et ses lèvres de pédophile !

— Incroyable ! s'exclama Flora. Il ne ressemble pas du tout à la photo !

— Si j'étais lui, je changerais tout de suite d'attachée de presse ! fit Jess. Cette photo le desservait, c'est incroyable. Comme il est chou !

Jodie s'avança pour s'emparer du magnifique Nicolas. Il lui fit un sourire et l'embrassa sur les deux joues. Jess sentit un frisson d'excitation. C'est ce qui allait se passer avec Édouard dès qu'il apparaîtrait.

Plusieurs Français descendirent. La foule s'amincissait peu à peu. Dès que les familles anglaises avaient récupéré leur correspondant, elles partaient boire un chocolat chaud et se mettre au lit. Une fille brune apparut en clignant des yeux dans les phares des voitures.

— Je crois que c'est Marie-Louise ! dit Flora.

Les professeurs consultèrent leurs listes. Mrs Bailey leva les yeux.

— Flora Barclay ! appela-t-elle.

— Bingo ! fit Jess.

Flora s'avança. Jess regarda Marie-Louise embrasser Flora sur les deux joues, sourire et se mettre aussitôt à parler. Elle espéra qu'Édouard serait aussi sûr de lui. Il n'était toujours pas là. Sa mère la rejoignit.

— Si ça continue, fit-elle, ils vont nous annoncer qu'ils l'ont oublié dans une station-service !

Il ne restait presque plus personne. Jess commença à paniquer. C'était tellement gênant d'être la dernière! Et puis, du coup, personne ne pourrait voir le bel Édouard. Un garçon tout petit, dépenaillé et ringard avec des lunettes apparut à la porte. Une version française de Harry Potter, le charme en moins.

«Ça doit être le fils du chauffeur du bus ou quelque chose comme ça», pensa Jess avec un sourire narquois.

— Jess Jordan! appela Mrs Bailey.

— Oh non! s'exclama Jess tout bas. Ce n'est pas possible! Mais c'est un gamin!

Elle ne bougea pas. Sa mère la poussa en avant.

— Vas-y! lui souffla sa mère. Va le chercher! Le pauvre, il a l'air complètement perdu.

Jess s'approcha en chancelant, comme dans un cauchemar. La prof française posa une main amicale sur son bras et l'attira vers le petit garçon. Maintenant qu'il avait descendu toutes les marches, il arrivait à peine au nez de Jess. Oh non! Il n'avait rien d'un Harry Potter, c'était plutôt un Hobbit.

«Qu'est-ce que c'est que ces lunettes?» pensat-elle. C'était de la triche d'enlever ses lunettes pour la photo. Même si la mère de Jess le faisait tout le temps. Mais pour sa mère, c'était une tentative pathétique d'apparaître jeune et moderne. Pour Édouard, ça s'apparentait à de la traîtrise.

— Jess! dit Mrs Bailay. Voici Édouard, ton correspondant français.

– Bonjour! dit Jess.

Édouard lui tendit la main de façon maladroite et formelle.

– Bonjour! dit-il.

Il avait une voix aiguë.

«Mon Dieu, pensa Jess. C'est encore un bébé. Je peux oublier mes rêves de sortir avec lui. Je vais faire du baby-sitting, oui!»

À cet instant, la mère de Jess apparut, serra chaleureusement la main d'Édouard et le conduisit à la voiture en parlant français. Jess avait longtemps redouté que sa mère fasse étalage de sa maîtrise des langues étrangères, mais tout à coup, elle était ravie.

Jess les suivit jusqu'à la voiture, le cœur brisé. Édouard était tellement petit qu'il pouvait à peine porter son sac. Dire qu'elles s'étaient inquiétées de la taille de la chambre d'amis. On aurait pu y mettre un troupeau d'Édouards, en fait.

Jess redoutait déjà le lycée le lendemain matin. Surtout que tout le monde avait vu la photo d'Édouard et s'attendait à un tombeur. Et si quelqu'un se moquait de lui tout fort? Jess s'imagina tomber malade pendant les deux semaines à venir.

9

Une fois dans la voiture, Jess eut aussitôt un nouveau problème. Quelque chose sentait très mauvais.

— N'évoque pas l'odeur, dit sa mère en mettant le contact.

— Ne parle pas comme ça devant lui! protesta Jess d'un ton gêné.

— Ne te fais pas de mouron. Sa maîtrise de notre langage est si médiocre qu'elle frise l'abstinence.

— Pourquoi tu parles comme ça? On se croirait au théâtre.

— Essentiellement, pour nous préserver d'une éventuelle compréhension de la part de notre hôte quant à certains substantifs.

— D'accord, mais utilise au moins un langage que je puisse comprendre! grogna Jess.

— Ne me parle pas sur ce ton! murmura sa mère en quittant le lycée. Il est très sensible au ton de la voix. Surtout la colère. Le pauvre petit est désemparé.

– On devrait lui attribuer un nom de code, dit Jess. Qu'est-ce que tu penses de « la reine » ?

– Excellente idée. Maintenant, essaie d'être gentille avec la reine. Elle a fait un voyage difficile. Offre-lui au moins un sourire.

Jess regarda par-dessus son épaule et sourit de façon encourageante à Édouard. Il lui répondit par un étrange signe de tête.

– On est bientôt arrivés ! lui dit Jess.

Édouard fronça les sourcils et eut l'air paniqué. Il avait quand même bien dû comprendre un mot ? « Est », peut-être ?

Jess soupira le plus discrètement possible.

– Bientôt maison, dit-elle en essayant de parler lentement. Dix minutes.

Édouard haussa les épaules. Il avait l'air sur le point de fondre en larmes. Jess s'obligea à lui faire un grand sourire, qu'elle tira de son sac de sourires d'urgence, puis se retourna vers sa mère.

– La reine n'a rien compris, annonça-t-elle. Je pense qu'elle est au bord de la dépression nerveuse.

– Je lui ai déjà dit qu'il n'y avait que dix minutes de route. En français.

– N'utilise pas ce mot ! Sinon, la reine saura qu'on parle d'elle !

– Tu as raison, fit sa mère. Parlons ourdou, alors.

– Quoi ?

– Ourdou. Un dialecte indien.

– Je n'aime pas ces sonorités, dit Jess. Ça fait doudou. Quand même, tu ne trouves pas que ça sent mauvais ?

– Je t'ai déjà dit de ne pas parler de l'odeur, dit sa mère.

– J'essaie de ne pas y faire attention, dit Jess. Mais je ne peux pas m'empêcher d'être furieuse. Non seulement, la reine est de taille microscopique, mais en plus, elle sent le caca de chien.

– Pour l'amour du Ciel ! protesta sa mère d'un ton qui sous-entendait : si tu n'es pas gentille avec cette pauvre reine, tu seras privée d'argent de poche jusqu'à Noël.

Personne ne dit un mot de tout le trajet. La mère de Jess mit un CD de gospel pour égayer l'atmosphère. Ils garèrent la voiture dans leur allée et entrèrent dans la maison. Bientôt, ils étaient tous les trois dans la cuisine en train de cligner des yeux sous la lumière crue des néons.

– Il faut que je change cette lumière, dit sa mère. Elle n'avantage personne.

Les yeux d'Édouard étaient rouges, et son visage si pâle qu'il en paraissait verdâtre.

En théorie, il pouvait désormais se rendre compte que Jess n'était pas aussi *mignon* que sur la photo retouchée. Par bonheur, il évitait soigneusement de la regarder. Et puis, Jess s'en moquait. Quelle importance qu'elle l'ait déçu, par rapport au cliché avec les boutons effacés par ordinateur, et avec l'étincelle artificielle ajoutée dans ses yeux ? Édouard, lui, avait caché qu'il était un ringard plus petit que la plupart des doudous, et qu'il puait le bac à chiens.

Sa mère prit du pain dans la corbeille et le montra en parlant français. Édouard répondit, apparemment par la négative.

— Va montrer sa chambre à Édouard, s'il te plaît, demanda sa mère à Jess.

Sa voix sonnait faux. On aurait dit une mauvaise actrice.

— Non, c'est à toi de le faire.

Jess ne supportait pas l'idée de se retrouver seule une seconde avec Édouard. Pas ce soir.

— Dans ce cas, on y va ensemble, décréta sa mère.

Ils montèrent tous les trois à l'étage. La mère de Jess montra la salle de bains à Édouard et — en français — lui proposa de prendre un bain, ce qu'il refusa. Il voulait clairement qu'on le laisse filer dans son terrier pour qu'il puisse pleurer jusqu'à s'endormir d'épuisement.

— Bonsoir ! dit Jess sans enthousiasme en faisant un geste idiot de la main.

Elle était incapable de sourire.

— Bon-soir, répéta Édouard sans un sourire.

C'était affreux, tout simplement affreux.

Jess et sa mère se réfugièrent dans la cuisine. Même la pièce semblait étrange : elle avait été récurée et rangée en l'honneur d'Édouard. Elle paraissait inconfortable, comme quand l'on ne se sent pas chez soi.

— Faisons un chocolat chaud! suggéra Jess.

— Il m'inquiète, dit la mère de Jess en branchant la bouilloire. Quel terrible voyage pour un si petit bonhomme!

— Si tu le traites encore une seule fois de petit quelque chose, je vais vomir sur ton carrelage tout propre. Maman, il a quinze ans!

— Et alors? C'est mon instinct maternel qui se réveille.

— Dommage qu'il ne se soit jamais réveillé pour moi, déclara Jess d'un ton amer.

Elle se découpa une grosse tranche de pain. Cela semblait ridicule, mais elle se sentait presque jalouse d'Édouard. C'était comme si sa mère l'aimait déjà plus qu'elle. Seul un énorme sandwich au fromage et un chocolat chaud pouvaient atténuer cette souffrance.

— Tu ne trouves pas qu'il pue? demanda Jess d'un ton un peu ragaillardi après quelques bouchées. Je sens encore l'odeur. Qu'est-ce que mes copains vont dire? Ils vont tous le rejeter.

Tout à coup, la mère de Jess s'accroupit par terre. Jess était éberluée. Ce n'était pas le moment de jouer à cache-cache.

— Maman, qu'est-ce que tu fabriques? demanda Jess.

Jess sentit que sa mère s'emparait de sa

chaussure gauche. Puis elle réapparut d'un air triomphant mais dégoûté.

— Tu croyais que c'était Édouard qui sentait le caca de chien ? Eh bien, en réalité, ça vient de ta chaussure !

Jess bondit sur ses pieds, horrifiée, et examina ses semelles. Sa mère avait raison ! Il y avait une affreuse… Peu importaient les détails. Voilà ce qui se passait quand on marchait dans le noir sans savoir où on mettait les pieds. Jess retira ses chaussures à la hâte.

— Nettoie-moi ça ! Nettoie-moi ça ! supplia-t-elle.

— Tu es tout à fait capable de nettoyer ça toute seule ! dit sa mère. Mais voilà ce que je te propose : je nettoie tes chaussures si tu me promets d'être gentille avec Édouard pendant les deux semaines à venir.

Cela semblait à peine honnête. Être gentille avec Édouard pendant deux semaines, ça allait être une tâche ardue. Nettoyer ses chaussures ne prendrait que cinq minutes. Mais devant la puanteur, Jess accepta.

Juste avant de s'endormir, elle pensa à quelque chose : elle avait cru que c'était Édouard qui sentait mauvais. Mais il avait dû penser la même chose d'elle. La seule différence, c'est que Jess sentait *vraiment* mauvais. Pour commencer une relation, on avait déjà fait mieux.

10

— Va le réveiller, Jess.

Sa mère mettait la table. Elle avait acheté des croissants exprès pour Édouard mais, tout à coup, elle craignait qu'ils soient rances. Elle les renifla d'un air inquiet puis les mit au micro-ondes.

— Le réveiller ? s'écria Jess. En entrant dans sa chambre pour le secouer ?

— Ne fais pas l'idiote, lâcha sa mère. Va frapper à la porte et crie.

— Crier quoi ?

— Édouard, réveille-toi, il est sept heures. Le pauvre petit, fit sa mère avec un soupir. Il doit être tellement fatigué.

— Et moi, alors ? Je suis crevée ! s'indigna Jess.

Elle monta l'escalier. La tâche ne s'annonçait pas facile. Chaque marche était une montagne. Dire qu'il allait falloir faire ça pendant deux semaines… Jess s'arrêta devant la porte d'Édouard. Son cœur battait fort. Elle frappa. Il n'y eut pas de réponse.

— Édouard! appela-t-elle. Il est sept heures! Le petit déjeuner est prêt!

Elle obtint un cri de souris en guise de réponse, et un peu de bruit. Jess fila au rez-de-chaussée.

— Il est réveillé? demanda sa mère en sortant les croissants du micro-ondes pour les renifler à nouveau.

— Il a poussé un cri, dit Jess. Je suis sûre qu'il sera là dans une minute. L'odeur de tes merveilleux croissants va le tirer de son antre.

Quelques instants plus tard, elles entendirent Édouard sortir de sa chambre et se rendre à la salle de bains.

— Dieu merci, il est vivant, dit sa mère. Ce serait terrible si un correspondant mourait dans sa famille d'accueil, tu ne trouves pas?

Jess ne répondit pas. Oui, ça serait terrible. En théorie. Mais dans son cas précis, elle y voyait aussi certains avantages. Elle espérait que, si Édouard était du genre suicidaire, il mettrait ses plans à exécution sur-le-champ, ce qui éviterait à tout le monde des jours, voire des semaines, de tourments inutiles.

— Je peux prendre un croissant, maman? demanda Jess. Ils sont en train de refroidir.

— NON! Pas question! protesta sa mère d'un air las. Tu crois que je devrais les mettre au chaud jusqu'à ce qu'il descende? Mais finalement, tu as raison, manges-en un pour me dire s'ils sont bons.

Jess avala un croissant en trois énormes bouchées.

— Il est parfait! Rassure-toi, maman, c'est délicieux. Il y a aussi du pain, de toute façon.

Jess n'aimait pas voir sa mère paniquer. Elle était la seule à avoir le droit de le faire!

La salle de bains se trouvait directement au-dessus de la cuisine. Elles entendaient donc Édouard marcher. Il essaya de tirer la chasse. Une fois. Deux fois. Sans succès. Trois fois. Il y eut un silence. Il appuya à nouveau sur la poignée, en vain.

Jess et sa mère écoutaient, figées d'horreur. Jess sentit un frisson descendre le long de sa colonne vertébrale. Un instant, elle s'imagina dans une maison étrange, incapable de tirer la chasse d'eau.

— Maman! Tu aurais dû lui expliquer comment faire! lança-t-elle.

— Et pourquoi est-ce moi qui devrais tout faire? demanda sa mère d'un air coupable. Je vais mettre une pancarte.

— C'est trop tard! dit Jess d'un air sinistre. Pourquoi a-t-on des toilettes aussi stupides, de toute façon? Pourquoi ne pourrait-on pas avoir l'un de ces nouveaux systèmes électroniques qui se déclenchent rien qu'en agitant le doigt? Pourquoi chez nous, doit-on prendre son élan et peser de tout son poids sur la poignée? Nos toilettes datent de l'ère préhistorique!

Elles entendirent Édouard renoncer à tirer la chasse et faire couler de l'eau dans le lavabo. Sa mère eut un petit sourire.

— Au moins, il se lave un peu.

— Merveilleux! fit Jess.

— Tu pourras lui montrer comment marche la chasse ce soir, dit sa mère.

— Non, ce n'est pas moi qui lui montrerai ça! C'est toi le parent, c'est ton rôle! Des fois, tu es vraiment irresponsable!

— Si j'étais à ta place, je ne parlerais pas sur ce ton, dit sa mère d'un air cassant. Je pourrais très bien renoncer à toute ma bonne volonté et cesser de lui parler français. Tu serais bien embêtée.

Pour finir, Édouard descendit l'escalier, s'assit à table et mangea deux tranches de pain avec de la confiture. Il refusa les œufs, le bacon, le thé, le jus d'orange et, pire, les croissants.

— Pas grave, dit rapidement sa mère. Comme ça, il y en aura plus pour nous.

Elle termina elle-même le dernier, mais on voyait bien qu'elle était vexée.

— Il faut que je fasse attention à ne pas compenser par la nourriture, dit-elle d'un air anxieux.

— Vas-y, maman, je suis avec toi. Ça va sans doute être la seule façon de supporter les deux semaines à venir.

Puis Jess se tourna vers Édouard, lui fit le plus gentil des sourires et lui proposa du lait.

Il accepta. Il buvait du lait, comme un bébé. Quand même pas au biberon. Pas encore, en tout cas.

Sa mère les emmena au lycée, et parla français à Édouard pendant tout le trajet. Jess était assise à l'arrière, ravie. D'accord, sa mère était ringarde, mais Jess remercia Dieu qu'elle soit si douée en langues. Au lycée, Édouard planta Jess sans un mot et alla rejoindre le groupe des Français.

Flora arriva avec Marie-Louise. Elles souriaient toutes les deux. Jess sentit une pique de jalousie. Pourquoi Jess n'avait-elle pas demandé une correspondante ? Parce qu'elle espérait tomber sur un beau garçon… Sur la photo, Édouard était prometteur, mais au final, Jess se retrouvait avec un gamin. Tout le monde allait se moquer d'elle. On lui conseillerait de lui chanter des berceuses…

— Salut Jess ! Je te présente Marie-Louise, dit Flora. Marie-Louise, voici Jess.

Marie-Louise fit un grand sourire à Jess, lui prit les mains et lui donna un baiser rebondissant sur chaque joue.

— *J'ai très heureuse* de te rencontrer, Jess, dit-elle. J'ai *très beaucoup* entendu parler de toi.

— Mais tu parles anglais ! s'écria Jess. Édouard n'a pas encore dit un mot !

— Édouard est chez toi, c'est ça ? Je dois te

77

donner un secret. (Marie-Louise se pencha vers Jess avec des yeux pétillant de malice.) Édouard est fou de toi! Depuis que tu lui as envoyé *ta magnifique cliché*, il la regarde tout le jour. On se *moquer* de lui *tous les temps*!

L'horreur tenailla le ventre de Jess. Un instant, elle crut qu'elle allait vomir. C'était déjà atroce qu'Édouard ait l'air d'avoir dix ans. Mais en plus, apprendre qu'il la vénérait, c'était vraiment trop.

— Bravo, ma belle! dit Flora en souriant. Bien joué! Je t'ai toujours dit que tu étais irrésistible!

Quelle horreur!

Jess chercha le premier prétexte venu pour se sortir de cette situation gênante.

— Mais j'ai déjà un petit ami! s'exclama-t-elle. (Flora eut l'air ahuri, mais heureusement, Marie-Louise ne faisait pas attention.) Je sors avec Fred. On est presque fiancés.

Flora, qui était un peu en arrière de Marie-Louise, mima silencieusement avec sa bouche un «Quoi?». Jess lui lança un regard sévère pour lui signifier de ne pas s'en mêler.

— Je suis désolée pour Édouard, reprit Jess. Je n'ai pas voulu l'encourager, je lui ai juste envoyé ma photo.

C'était presque vrai. Certes, la photo avait été retouchée afin de la rendre irrésistible, et alors?

— Tiens, voilà Fred, dit Flora en gloussant. Le fiancé de Jess. Enfin, presque.

Fred s'approchait d'elles avec ses cheveux en bataille, comme s'il ne s'était jamais peigné depuis sa naissance. Aucune importance. C'était peut-être ridicule de le choisir comme petit ami mais, au moins, il avait la bonne taille.

Jess s'approcha, l'attrapa par la cravate et le regarda droit dans les yeux.

— Il faut que tu aies l'air heureux de me voir, souffla-t-elle. À partir de maintenant, aux yeux de tout le monde, on sort ensemble. Pendant quinze jours.

— Quoi? dit Fred en pâlissant. Ne le prends pas mal, mais je préférerais manger du chien mort. Sans ketchup.

— Ne t'inquiète pas, dit Jess. Tu n'auras pas à m'embrasser, ni rien. C'est juste que, pour protéger mon honneur, pendant qu'Édouard est ici, je dois faire croire que j'ai un petit copain, or tu es le premier qui m'est venu en tête.

— Fred essaie d'avoir l'air flatté, dit-il, mais il fait déjà des plans secrets pour fuir en Amérique du Sud.

Jess regarda le groupe des correspondants français. Édouard lui tournait le dos, mais plusieurs Français regardaient dans sa direction.

— Allez, Parsons, siffla-t-elle. Sois gentil. Essaie de surmonter ton dégoût et de faire comme si tu m'aimais. Ça mérite au moins un oscar pour le rôle.

Fred voulut fuir, mais Jess le retint par la

cravate. Fred allait-il jouer le jeu ? Avec lui, on ne savait jamais. Elle aurait peut-être dû trouver une meilleure idée pour maintenir Édouard à distance. Elle aurait peut-être dû dire qu'elle était lesbienne. Tant pis. Si Fred ne marchait pas dans le coup, Jess n'aurait qu'à devenir gay en une nuit.

11

— Bon écoute, Fred, reprit Jess. Il faut qu'on passe devant les Français en se tenant par la main. Ou, au minimum, en se dévorant des yeux.

— Oh non… fit Fred. Je préférerais manger un porc-épic cru.

Et il partit en courant. Jess se lança à sa poursuite en s'obligeant à rire, comme si c'était un jeu. Leurs amis les regardaient d'un air amusé. La plupart ne comprenaient pas ce qui se passait, mais Jess Jordan et Fred Parsons les avaient tellement amusés au fil des années qu'ils s'attendaient à tout.

Voyant Fred s'enfuir, Whizzer se mit exprès en travers de son chemin. Fred essaya de lui échapper. Mais Whizzer l'attrapa entre ses énormes bras.

— Laisse-le partir, Whizzer, dit Jess. Inutile d'avoir recours à la violence.

— Tu veux que je lui casse la gueule, ma chère ? demanda l'horrible Whizzer en lorgnant sur Jess.

— Non, merci.

— Tu veux être son petit ami pour quinze jours, Whizzer ? lança Fred, qui cherchait toujours à échapper aux grosses pattes de son agresseur.

— Fred cherche à fuir ses responsabilités ! s'écria Jess. Je suis enceinte de lui !

Whizzer eut l'air tellement stupéfait qu'il lâcha Fred et recula, l'air ébahi.

— Alors, comment on va appeler le bébé ? demanda Jess assez fort pour que les Français entendent.

Fred récupéra son sac par terre.

— Je refuse d'en discuter, dit Fred. Je ne trouve même pas de nom pour mon hamster, et ça fait déjà deux ans qu'il est mort.

— Tu penses qu'Adolf reviendra un jour à la mode ? demanda Jess. Adolf Parsons... Ça a un certain cachet.

— Je ne veux pas avoir d'enfants, déclara Fred. Je ne veux même pas avoir un autre hamster. C'était trop compliqué de s'en occuper.

En pénétrant dans le lycée, ils furent happés par une marée humaine.

— Fred, tu es incorrigible, dit Jess. C'est vraiment trop te demander de me faire un sourire gentil une fois dans ta vie ?

— Je préférerais marcher pieds nus sur des limaces plutôt que sortir avec toi une fraction de seconde. J'ai une réputation à tenir.

— Ta réputation ne pourrait que s'améliorer si on apprenait que tu es mon fiancé.

— Hélas, non. Mon identité repose sur la solitude et l'excentricité. Je suis du type «écrivain maudit».

— Quel intérêt? Et ça sort d'où, cette histoire d'écrivain maudit?

— Ma mère m'a emmené chez un homéopathe un jour où je toussais. Et il a déclaré que j'étais du genre écrivain maudit. J'ai des remèdes homéopathiques rien que pour moi. Du sulfure. J'en saupoudre mes sandwiches.

À cet instant, les Français passèrent en groupe, conduits par un prof français. Jess sourit à Édouard, qui se contenta d'un étrange signe de tête.

— Il est tellement mignon, dit Fred. Je ne vois pas le problème. C'est pratique d'avoir un petit ami qui tient dans une boîte d'allumettes. On peut l'emmener en vacances en cachette de ses parents.

Jess crut vomir. Avant l'arrivée d'Édouard, elle avait fantasmé à son sujet dans ses moments de solitude. Elle avait même songé à un week-end romantique à St Ives. Et, maintenant, rien que de le croiser dans les couloirs du lycée, c'était une torture.

La cloche sonna, ce qui mit fin à son cauchemar. Jess avait cours de géographie. D'habitude, elle détestait cette matière composée de mines de charbon et de zones climatiques incompréhensibles. Mais ce jour-là, le cours lui parut presque des vacances, comparé à l'idée de fréquenter son correspondant. Jess dessina une carte des courants océaniques sans le moindre ennui. C'était peut-être le début de la folie. Tant mieux. Ça lui simplifierait les choses.

Les Français avaient cours avec leur prof. Mais juste avant le déjeuner, les deux groupes se retrouvèrent en salle de français. Chaque nationalité était assise d'un côté de la salle.

Mrs Bailey se plaça d'un côté du bureau et la prof française, qui s'appelait Mme Lamentin, de l'autre.

— Mrs Bailey est moins moche que la prof française, souffla Flora. Les lamantins, ça a des verrues.

Jess jeta un regard à la dérobée à Édouard mais, heureusement, il tournait la tête. À l'heure qu'il était, Marie-Louise avait dû lui annoncer que Jess sortait avec Fred. Cela avait dû être un choc terrible pour un si petit garçon. Même s'il était déçu, Jess espérait que son petit cœur ne soit quand même pas trop brisé.

— Bon, dit Mrs Bailey. J'accueille avec plaisir nos amis français au lycée d'Ashcroft.

Elle leur fit un sourire écœurant. Les dents de Mrs Bailey étaient aussi tordues que des pierres du Néolithique. Peut-être que, dans sa jeunesse, les appareils dentaires n'existaient pas encore.

— Comme vous le savez, cette semaine, les élèves français auront cours avec Mme Lamentin.

Mardi, ils partiront toute la journée en excursion à Oxford, et jeudi à Londres.

Jeudi = bénédiction, écrivit Jess sur son cahier avec un petit sourire.

Nicolas = tombeur ? gribouilla Flora.

Elle observait les Français.

Jess suivit son regard. Les Français avaient la réputation d'être beaux, pleins de charme et terriblement sexy. Mais franchement, Jess n'aurait pas donné plus de cinq sur dix à la majorité. Même si les Anglais ne valaient pas mieux. À part Flora, bien sûr.

Nicolas, le correspondant de Jodie, était étalé sur sa table, et, au lieu de regarder poliment Mrs Bailey, il matait les Anglaises.

Il ne se prend pas pour n'importe qui, écrivit Jess en le dessinant en train de se regarder le nombril.

Flora fut prise d'un fou rire. Jodie, qui était assise au premier rang, se retourna et fronça les sourcils d'un air interrogateur.

Pas de place pour Jodie dans son cœur... écrivit Flora.

Et pourtant... écrivit Jess. *Elle est mordue.*

Et elle dessina une Jodie couverte de bleus.

Jess se demanda si, parmi les Anglais, quelqu'un d'autre serait mordu par un Français. En tant que petite amie de Fred, Jess était tranquille. Même si certains garçons (Whizzer, par exemple) auraient sauté sur l'occasion.

Fred était vraiment bizarre. Jess se dit qu'il risquait d'atteindre l'âge de quarante ans sans avoir fait le moindre suçon à une fille. À part, peut-être, dans un rôle de vampire. Fred était un mystère, on ne savait jamais comment il allait réagir. Jess n'avait plus qu'à croiser les doigts.

12

Au déjeuner, les deux groupes se mêlèrent. Jess était un peu plus détendue car, à part quelques blagues sur Édouard le Hobbit, elle avait été relativement épargnée. Sur sa photo, Édouard avait su tirer parti de ses atouts, car il avait des traits fins. Un jour, il deviendrait peut-être un tombeur, à condition de bénéficier d'une cure d'hormones de croissance et de chirurgie au laser.

En l'absence des profs, Marie-Louise était une sorte de chef de file du groupe français. Elle s'assit à côté de Flora et fit signe aux autres de les rejoindre. Nicolas apparut avec des lunettes de soleil. Quel frimeur !

Jodie se débrouilla pour qu'il se mette à côté d'elle : c'était sa chasse gardée. Le message était clair : *Je craque pour Nicolas, alors gardez vos distances.*

– *Viens, Édouard**, appela Marie-Louise.

Jess lui fit signe, elle aussi. Elle était assise près de Fred, mais ils avaient gardé une place pour Édouard. Il arriva avec une assiette de frites et s'installa face à Jess sans la regarder. Quand il fut assis, elle dit :

— Édouard, voici mon amie Flora, et mon petit ami Fred.

Édouard leur serra la main et dit « Bonjour » avec un petit sourire. « Ouf, il a été très courageux », pensa Jess. Elle commençait à s'attacher à lui comme on s'attache à un mulot ou à un canari. Elle espérait que la présence de Fred le guérirait de son amour. Même si Édouard aussi avait pu être déçu par Jess à la lueur du jour.

— Il m'a semblé entendre dire que tu voulais devenir ingénieur, dit Fred d'une voix étrange.

Il faisait exprès de parler de façon ampoulée. Édouard fronça les sourcils et paniqua. Une conversation en anglais semblait au-dessus de ses moyens. Il se tourna vers Marie-Louise et lui dit quelque chose en français.

Marie-Louise lui traduisit ce qu'avait dit Fred.

Édouard fit un sourire à Fred et déversa un torrent de français.

— Il dit qu'il aime les ponts, expliqua Marie-Louise. Il veut construire les tunnels, et les ponts, tout ça.

— Eh bien, si jamais nous avons besoin de construire un pont, nous ferons appel à toi, dit Fred.

Il se tourna vers Jess.

— Avons-nous besoin d'un pont, femme ? Entre le canapé et le frigo, peut-être ?

Tout le monde éclata de rire. Marie-Louise traduisit la blague à Édouard, qui sourit, mais d'un air inquiet, comme s'il pensait que Fred se moquait de lui.

— Bon, dit Fred. Je vais manger mon poids en haricots, puis m'adonner à quelques violences conjugales avant le cours de maths.

— Ne traduis pas ça, dit Jess à Marie-Louise. Fred raconte n'importe quoi.

Elle commençait à se sentir rassurée. Fred, à sa façon, faisait réellement mine d'être son petit ami. Et ça marchait. Plus ou moins.

— Et alors, dit Marie-Louise. Depuis quand vous sortez ensemble, tous les deux ?

— Depuis des années, répondit Jess.

— Depuis dimanche dernier, répondit Fred.

L'idiot. Jess rougit. Il ne fallait pas qu'il pousse le détachement trop loin, quand même.

— Ne crois pas un mot de ce que Fred raconte, dit-elle. Il fait tout le temps l'imbécile.

— Vous n'avez pas besoin de moi pour ça, ma chère. Vous faites ça très bien toute seule.

— Bon, dit Marie-Louise, racontez-moi. *Comme vous vous avez rencontré, comme vous avez sorti* ensemble…

Jess prit une grande bouffée d'air. Elle donna un coup de pied à Fred sous la table pour lui intimer de se taire. Mais allait-il bien vouloir ?

— On se connaît depuis la garderie. On avait

trois ans. On s'est battus à cause d'un bus gon-
flable.

— Alors *comment* ça... dit Marie-Louise. Ça
fait douze ans que vous sortez ensemble ?

— Oui, dit Jess, étonnée de connaître Fred
depuis si longtemps. (L'anecdote de la garderie
était réelle.) Mais dans sa tête, Fred a toujours
trois ans.

— Je lance toujours du sable et je tache mon
T-shirt avec la sauce des pâtes, reconnut Fred.

— Et vos parents sont ravis que vous *sortez*
ensemble ? demanda Marie-Louise.

Ses questions commençaient à devenir un peu
lourdes. Elle se prenait pour une conseillère
conjugale ou quoi ?

— Ma mère déteste Fred, dit Jess. Elle ne l'aime
pas parce qu'il postillonne quand il parle. Et
elle aurait préféré que j'aie un copain plus sportif. Joe Collis, le capitaine de l'équipe de rugby,
par exemple.

— Ah ! fit Marie-Louise en tapant dans ses
mains. J'adore le rugby !

— Oh oui ! fit Flora. L'équipe française de rugby
est géniale. Je le sais, parce que mon père regarde
tous les matches. Peut-être qu'on pourrait aller
en voir un ce week-end ?

— Génial ! dit Jodie d'une voix aussi mascu-
line que celle d'un joueur de rugby. T'aimes le
rugby, Nicolas ?

— Bof, dit Nicolas en haussant les épaules.

– On va considérer ça comme un non, dit Fred. De toute façon, il n'y a pas de match ce week-end. C'est presque la fin de la saison.

– Mais ça serait bien d'aller quelque part tous ensemble, dit Flora d'un air rêveur.

«Bien d'accord», pensa Jess.

Apparemment, les Français n'avaient pas d'excursion prévue. Ils étaient censés «profiter de leur famille», selon le programme de Mrs Bailey. Jess ne supportait pas l'idée de passer un week-end entre sa mère et Édouard. Ils risquaient de devenir fous. Une sortie en groupe permettrait sans doute de passer le temps. C'était beaucoup plus facile d'être avec Édouard quand il y avait d'autres personnes.

– J'ai une idée! dit Flora. On pourrait partir en camping!

– Pardon? s'écria Jess. Tu as prononcé le mot camping? Mais tu n'as jamais campé de ta vie!

– Je sais, mais j'en ai toujours eu envie, dit Flora. Ma mère refuse de dormir autre part qu'à l'hôtel quand on est en vacances, alors justement, j'adorerais faire du camping.

– Du camping! s'exclama Marie-Louise. C'est une idée merveilleuse!

– Mais il va faire glacial! protesta Jess qui, elle, avait un jour campé au Pays de Galles sous la pluie avec sa mère atteinte d'une migraine.

– On fera un feu de camp, dit Flora. (L'idée semblait séduisante.) En plus, mon père parlait de la météo hier, et apparemment, il va y avoir une vague de chaleur ce week-end. C'est parfait pour le camping.

— Et on ira où ? demanda Jess.

— Ma tante Rose possède une ferme, dit Jodie. Elle a des tas de prés.

— Mais il nous faudrait une douche et des toilettes, dit Fred. Je refuse d'uriner derrière une haie.

— Ne parle pas de ça, dit Jess. Ça fait vulgaire.

— Si on allait chez ma tante, reprit Jodie, on pourrait utiliser la salle de bains du rez-de-chaussée. Et il y a des toilettes à l'extérieur.

— Ça serait génial d'échapper à mon père pendant quelques heures, soupira Flora. Il n'arrête pas de faire le malin en parlant français et en agitant les bras.

Jess était tout à fait d'accord. Camper en mars, ça risquait d'être bizarre, mais c'était un excellent moyen d'être débarrassés des parents. L'envie grandit en elle.

Édouard, qui essayait de suivre la conversation en mangeant ses frites, demanda des explications à Marie-Louise en français. Elle lui répondit, et il eut l'air surpris, puis tout à coup inquiet. C'était étrange, le nombre d'expressions qui animaient son visage quand il se trouvait avec des Français. Quand il était chez Jess, sa figure n'était que tourments.

— Quel est le problème ? demanda Jess.

— Édouard a peur d'avoir le… dit Marie-Louise. Rhume des *champs* ? Comment on dit ?

— Rhume des foins, expliqua Fred. Un joli nom pour un hamster.

Marie-Louise sembla réfléchir une minute. Elle regarda Fred, puis Jess, puis murmura quelque chose à Flora. De toute évidence, quelque chose sur eux deux. Flora lui répondit en chuchotant d'un air amusé. Elle lança un regard complice à Jess qui sous-entendait qu'elle lui expliquerait plus tard, et que ça serait drôle.

Plus tard, ça signifiait aux toilettes, car dès qu'ils avaient un instant, Marie-Louise et Édouard débarquaient.

— On n'a plus aucune intimité, se plaignit Jess pendant qu'elles se lavaient les mains. Les grenouilles sont tout le temps là ! Qu'est-ce que te disait Marie-Louise ?

— Qu'elle avait entendu dire que tu étais enceinte ! répondit Flora en gloussant. J'ai aussitôt fait la mise au point qui s'imposait.

— Parfait ! J'espère que tu lui as dit que j'étais la Vierge d'Ashcroft, et que j'avais bien l'intention de le rester.

— Marie-Louise est aussi sérieuse qu'une adulte. On dirait qu'elle vient du Moyen âge. Mais elle est gentille.

— Partir en camping, c'est une idée géniale ! dit Jess. Le seul problème, c'est que je n'ai pas de tente, encore moins deux.

— Pourquoi deux ? demanda Flora.

— Une pour moi et une pour Édouard. Je refuse de partager une tente avec lui ! Rien que de le voir, j'ai la chair de poule.

— Je le trouve plutôt gentil, dit Flora. J'aime bien les garçons petits. Ils sont moins menaçants.

Elles étaient en retard pour le cours d'anglais. Elles se mirent à courir. Au coin du gymnase, elles se retrouvèrent nez à nez avec la prof d'histoire, Miss Dingle (surnommée Dingo).

— Jess Jordan, cria la prof, et Jess se figea sur place. Où est votre devoir sur Charles Ier ?

Jess se demanda pourquoi c'était toujours sur elle que ça tombait.

13

Jess s'en tira avec une punition supplémentaire due au syndrome prémenstruel de Miss Dingle.

— D'un côté, dit Jess alors que Flora et elle rangeaient leurs affaires à la fin de la journée, je préfère faire une punition que passer la soirée en compagnie du Hobbit.

— J'ai vraiment de la chance, dit Flora. Marie-Louise parle mieux anglais que moi français. Si j'étais seule avec un correspondant aussi timide et nul en anglais qu'Édouard, je flipperais.

À cet instant, le groupe des Français surgit. Nicolas, le correspondant de Jodie, portait toujours ses lunettes de soleil. Il s'avança à pas lents vers Jess et Flora.

— *Avez pas vu Jodie ?* demanda-t-il.

— Elle sera là dans une minute, dit Flora. Tu as passé une bonne journée ?

Nicolas haussa les épaules et fit la moue comme s'il trouvait que son premier jour en Angleterre était des plus banals. Acceptable, tout au plus.

— Bof, fit-il.

Ou quelque chose d'approchant.

— Je ne peux pas dire mieux, bougonna Jess. Ma journée a été aussi bof que la tienne.

Nicolas retira ses lunettes de soleil, l'observa un instant et fit un lent sourire.

— Tu es *mourante*, dit-il d'une voix enjôleuse.

Ses yeux verts étaient très sexy.

— Malheureusement non, dit Jess. Juste *marrante*. Tiens, voilà Jodie.

Elle ne voulait pas se mettre Jodie à dos à cause de Nicolas. Un jour, Jodie avait envoyé son sac de sport à la tête d'Ambre Forsyth uniquement parce qu'Ambre avait dit quelque chose qui lui avait déplu.

Jodie eut l'air inquiet à l'idée que son précieux Nicolas parle à d'autres filles. Il fit un sourire séducteur à Jodie. Elle rougit si fort qu'un instant ses boutons disparurent.

— Viens, Nicolas, dit-elle. Ma mère nous attend. Au fait, ajouta-t-elle à la cantonade, je m'occupe d'organiser le week-end en camping chez ma tante Rose, y a pas de problème.

Tout le monde hurla de joie. Marie-Louise sautillait à côté de Flora.

— Oh, j'ai passé un merveilleux, merveilleux jour, dit-elle. Mme Lamentin nous a montré un film sur l'histoire anglaise. Sur le Moyen Âge. J'ai adoré! Demain, on va à Oxford. Je suis très excitée!

« Dieu, pardonne-lui, pensa Jess. Elle ne rêve

96

que du Moyen Âge. Peut-être parce qu'elle en vient!»

Flora et Marie-Louise partirent. Jess regretta amèrement le choix de son correspondant quand elle vit Édouard ramper vers elle en regardant tristement le sol, comme s'il était trop gêné pour lever les yeux. Son amour, si amour il y avait eu, gisait sans doute piétiné quelque part.

— On rentre à pied, annonça Jess. Ce n'est pas loin.

Édouard fit un signe de tête. Le moral de Jess sombra. Puis, tout à coup, Fred apparut.

— Salut Ed! dit-il en lui tapant amicalement dans le dos.

Édouard réussit à produire un sourire.

— Comment ça va? Tu ne veux pas te fiancer à Jess un moment? Moi, j'en ai déjà marre.

— Il ne comprend pas l'anglais, dit Jess en riant.

Édouard rit aussi, et haussa les épaules.

— Jess, chien, dit Fred en aboyant.

Édouard rit.

— Fred, cochon, dit Jess en grognant.

Édouard rit encore.

— Et Édouard? demanda Fred.

Édouard réfléchit.

— Édouard serpent, dit-il pour finir, en faisant un étonnant sifflet.

— On a failli mourir de rire, dit Fred. Je vous raccompagne, tant que je n'ai pas à te tenir la main. Je préfère encore tenir la main à ton Hobbit.

– Oh ça va, fit Jess. Un peu de gentillesse, ça te ferait du bien, tu ne crois pas, Parsons ? Au fait, maman et moi, on évoque « tu sais qui » en disant « la reine ».

Dès les premiers pas, la situation devint gênante. Le trottoir n'était pas assez large pour que trois personnes marchent de front. Du coup, Édouard se plaça aussitôt derrière Jess et Fred.

– Je ne sais pas quoi faire, fit Jess. La reine a l'air triste et seule.

Elle s'arrêta. Édouard, qui regardait par terre, la heurta, et ses lunettes partirent de travers.

– Désolée, dit Jess.

– Désolé, dit Édouard en rougissant.

– Fred veut te dire quelque chose, dit Jess en montrant à Édouard qu'il devait marcher avec lui.

– Euh, de quoi je veux lui parler, déjà ? demanda Fred.

– Je m'en fous, de ce que tu veux.

– Quel genre de musique tu aimes, Édouard ? demanda Fred.

Même de dos, Édouard eut l'air paniqué.

– *La musique**, dit Fred. Coldplay ? Madonna ? Nirvana ? Beethoven ?

Pour finir, Édouard comprit de quoi parlait Fred, et lui répondit. Un moment, Fred se retourna pour dire à Jess :

— Ed et moi, on est fan de Fat Chance.

— Excellent ! l'encouragea Jess. Continue !

C'était tellement plus facile de passer une demi-heure avec Édouard si elle n'était pas seule. Elle pria pour que sa mère soit déjà de retour à leur arrivée.

Mais contrairement à d'habitude, la voiture n'était pas dans l'allée. Peut-être y avait-il eu un hold-up à la bibliothèque ?

— Pour l'amour du Ciel, ne me laisse pas seule avec la reine, supplia Jess en ouvrant la porte.

Fred attendait près de la barrière du jardin. Il fit un signe qui voulait dire : « Je vous laisse. »

— Il va me sauter dessus à l'instant où tu auras le dos tourné, dit Jess à toute vitesse. En tant que fiancé, tu devrais te montrer plus possessif.

Fred fit un sourire charmant, haussa les épaules et battit en retraite en s'excusant :

— J'ai plein de devoirs…

Puis il lança un baiser sarcastique et partit en courant.

Jess poussa un long soupir et se tourna vers Édouard. Cette fois, elle n'avait plus aucune échappatoire.

14

Il y avait un mot sur la table dans l'entrée. Édouard hésita un instant, puis se précipita à l'étage. Jess entendit la porte de sa chambre se refermer avant qu'elle commence à lire le message de sa mère.

Jess, je suis désolée, mais je rentrerai très tard ce soir, sans doute après minuit. Je dois aller voir mamy, mais ne t'inquiète pas, c'est juste pour m'assurer que tout va bien. Il y a une pizza dans le congélateur, ainsi que de la glace. Je suis vraiment désolée de te laisser en plan avec Édouard pour le premier soir, mais je suis sûre que tu vas très bien t'en sortir.

Jess posa le message d'un air dégoûté. Mais qu'est-ce qui se passait avec sa grand-mère ? S'il n'y avait pas à s'inquiéter, pourquoi sa mère partait-elle de façon aussi précipitée ? Il y avait presque deux heures de route pour aller là-bas. Le ventre de Jess se contracta comme un boa qui vient d'engloutir un lapin.

Elle ouvrit le frigo pour se servir du jus d'orange. Peut-être qu'elle devait en proposer à Édouard ? Tout à coup, elle l'entendit sortir de sa chambre, et elle se raidit. Oh non! Et s'il se mettait à parler? Si seulement elle avait suivi les cours de français au lieu de dessiner l'Homme Parfait (les cheveux d'Eminem, le sourire de David Beckham, les yeux de Joaquin Phoenix, etc.).

Mais, Dieu merci, Édouard alla directement dans la salle de bains et s'y enferma. Oh non! Et s'il était malade ou quelque chose comme ça? Quoi de pire qu'être malade dans une langue étrangère? Avoir la diarrhée et savoir que votre famille d'accueil entend vos boyaux se tordre? Jess alluma la télé et mit le son très fort. C'était l'heure des *Simpson*. Elle essaya de suivre le feuilleton, mais elle n'arrivait pas à se concentrer. Si même *Les Simpson* ne réussissaient pas à la faire rire, son cas était désespéré.

Au bout d'un moment, elle entendit Édouard essayer de tirer la chasse. Oh non! Elles n'avaient pas eu le temps de lui montrer comment ça marchait. Ni sa mère ni elle n'avait pu mettre une pancarte pour dire : «Prends ton élan et appuie de tout ton poids sur la poignée.»

Édouard essaya à des dizaines de reprises, comme un automobiliste qui s'acharne sur un moteur noyé. Jess monta encore plus fort le son de la télé et s'enfonça les doigts dans les oreilles. Pour finir, elle sentit des mouvements au-dessus de sa tête et entendit Édouard regagner sa chambre.

Une partie d'elle-même avait envie qu'il y reste à jamais, même si une autre partie aurait aimé qu'il arrive en bondissant joyeusement dans l'escalier et lui dise : «Bon, poupée, qu'est-ce qu'on mange ce soir? Annonce le festin!» (Avec un accent français, bien sûr.) Mais pour l'instant, la première hypothèse était plus vraisemblable. Édouard et Jess arriveraient-ils un jour à communiquer? Rien de moins sûr.

Jess regarda un moment *Les Simpson* tandis que son esprit papillonnait. Mais peu à peu, elle fut happée par le dessin animé. Au bout d'un siècle, elle se rendit compte, avec un certain malaise, qu'Édouard n'était toujours pas descendu. Elle se demanda s'il allait réapparaître. Elle redoutait qu'il descende mais, d'un autre côté, elle serait encore plus embêtée dans le cas contraire. Il fallait qu'il mange. Et s'il mourait de faim chez elle? L'affaire serait publiée dans les journaux, sa mère irait même peut-être en prison.

Jess baissa le son de la télé et s'avança jusqu'à l'escalier. Elle voulait l'appeler pour lui demander s'il aimait la pizza. Même si elle croyait connaître la réponse. Elle ouvrit la bouche, mais aucun son n'en sortit. Elle se sentit mal. Elle ouvrit à nouveau la bouche. Pour émettre un cri de souris.

Jess retourna s'asseoir dans le salon. Son cœur battait la chamade. C'était stupide! En quoi était-ce difficile de proposer de la pizza à un garçon? Elle alla dans la cuisine, attrapa le téléphone et composa le numéro de Flora. Son père décrocha.

— Barclay, j'écoute! beugla-t-il.

Jess se crispa. Le père de Flora était véritablement effrayant.

— Bonjour, est-ce que Flora est là? demanda-t-elle d'une voix de fourmi.

— Qui est à l'appareil? s'enquit Mr Barclay.

— C'est euh... Jess, dit-elle, après avoir, pendant un terrible instant, oublié son prénom, tellement cet homme d'affaires international la terrorisait.

Mr Barclay était importateur de salles de bains, il se rendait très souvent à Milan pour acheter des bidets.

— Jess, commence par te présenter au téléphone, d'accord? Cela fait gagner un temps précieux. Flora ne peut pas te parler pour l'instant. Nous sommes en train de dîner. Elle te rappellera plus tard.

— Désolée, désolée, dit Jess.

Elle regrettait d'avoir appelé Flora. Heureusement que son propre père était gentil et qu'il habitait à des centaines de kilomètres de là. Jess n'aurait jamais supporté d'avoir un sergent-major en guise de géniteur.

— Je voulais juste demander à Flora comment on disait «Est-ce que tu aimes la pizza?» en français.

— Cela fait combien d'années que tu étudies le français, Jess ? demanda Mr Barclay avec un soupir ironique. Bon, aucune importance. C'est *Aimes-tu la pizza**? Ou en italien *Lei vuole pizza*?

— Merci, dit Jess. Je ne voulais pas vous déranger. Merci *très beaucoup*.

Elle raccrocha, troublée. Elle avait dit *très beaucoup*. Oh mon Dieu ! Il allait vraiment la prendre pour une débile ! Elle voulait dire «Merci très sincèrement», mais ça ne collait pas, alors elle avait remplacé ça par *beaucoup* sans réfléchir.

Au moins maintenant, elle savait dire «Aimes-tu la pizza?» en français. Comment c'était, déjà ? Le cerveau de Jess tourbillonna. Elle eut l'impression qu'elle allait s'évanouir. Elle avait été tellement perturbée par Mr Barclay qu'elle avait oublié les quelques mots de français qu'il lui avait dits. Elle se souvenait vaguement de l'italien, qu'il avait insisté pour lui donner en plus. Quel frimeur ! Quelque chose avec *vole*.

Vole pizza. Épuisée, Jess se traîna à la cuisine et ouvrit la porte du congélateur. Il y avait bien une pizza. Elle l'attrapa. Le carton se colla à ses doigts à cause du froid. Même les objets semblaient lui en vouloir, ce soir-là. Elle arracha ses doigts de la pizza. Qui tomba sur la table. Elle l'observa à travers sa couche de glace. Le congélateur avait besoin d'être dégivré. Comme toujours. C'était l'Antarctique, là-dedans. Mais la pizza avait l'air de bonne qualité. Un petit réconfort au milieu d'une soirée de cauchemar.

Elle s'approcha de l'escalier et écouta. Pas un bruit. Et si Édouard était mort ? Elle l'espérait presque. Il fallait qu'elle l'appelle. Elle ouvrit la bouche, gonfla ses poumons d'air, et rassembla tout son courage.

— Édouard ! lança-t-elle.

Sa voix était faible, mais assez forte tout de même pour être entendue. Il n'y eut aucune réponse. Jess fut stupéfaite. Elle s'attendait à ce qu'il surgisse sur le seuil de sa porte. Un frisson lui parcourut la colonne vertébrale.

— Édouard ! appela-t-elle à nouveau, encore plus fort.

Toujours aucune réponse. Pas un bruit ni mouvement à l'étage.

Jess commença à se sentir énervée. Pourquoi ne répondait-il pas quand on l'appelait ? Même les chiens savaient le faire. Elle se sentait bête, à hurler comme ça. Elle décida de ne plus l'appeler. Elle allait faire comme si elle chantait. Elle s'éloigna de l'escalier en fredonnant. Elle atteignit la cuisine et se rendit compte qu'elle avait faim. Elle allait faire cuire cette pizza et, si Édouard n'apparaissait pas, eh bien, tant pis pour lui, elle la mangerait toute seule. Elle alluma le four et se cogna contre le bouton.

Le four s'éclaira. Son bourdonnement familier était comme la voix d'un ami. Jess déchira l'emballage de la pizza. Bientôt, une délicieuse odeur se répandit dans la maison. Et tout à coup, il y eut du bruit à l'étage. Attiré par le parfum du fromage et de la tomate, Édouard quittait sa chambre ! Le cœur de Jess se mit à battre plus fort. D'un instant à l'autre, il allait falloir qu'elle parle français.

Elle entendit Édouard descendre l'escalier. Mais tout à coup, il y eut un bruit étrange, un cri en français, un choc sourd : le son inimitable d'un Français qui tombe dans l'escalier. Oh non ! Cette fois, il était peut-être vraiment mort.

15

Un instant, Jess fut tentée de tourner les talons
et de s'enfuir dans le jardin. Elle aurait pu se
cacher derrière les buissons près de la table de
pique-nique jusqu'à ce qu'Édouard meure. Ou
qu'il soit emporté en ambulance. Peut-être directement au funérarium.

Elle s'approcha de la porte de la cuisine. Que
faire ? D'un côté, elle devait aller voir s'il allait
bien. D'un autre, à sa place, si elle était tombée
dans l'escalier, elle aurait préféré que personne
ne le sache.

Il y eut du bruit dans l'entrée. Il n'était donc
ni mort ni sans connaissance. Jess sortit prudemment de la cuisine. Édouard était en train
de se relever. Il lui tournait le dos. Au secours,
son pantalon était déchiré à l'arrière ! Un instant, Jess entrevit son caleçon couvert de nounours rouges.

Édouard se retourna. Au ralenti, presque
comme dans un film. Il plaça ses mains sur ses
fesses. Jess comprit qu'il voulait cacher son

pantalon. Leurs regards se croisèrent. Impossible de sourire. À cet instant, c'était inenvisageable.

Jess se contenta de hausser les sourcils en ce qu'elle espérait un signe compatissant. Elle les leva si fort qu'elle en eut mal à la peau du crâne.

– Pizza ? dit-elle dans un croassement étrange.

Édouard haussa les épaules tout en continuant à tenir son pantalon. Jess savait que, selon le code de la politesse, elle devait le faire entrer avant elle dans la cuisine, mais dans ce cas, elle verrait l'arrière de son pantalon. Elle préféra lui indiquer le chemin. Elle avait mis le couvert pour deux, et sortit la pizza du four.

Édouard s'assit dans un bruit de tissu qui se déchire. De toute évidence, le trou s'agrandissait. Très pâle, Édouard semblait plongé dans les pires tourments. Jess se demanda comment dire en français : « J'espère vraiment que tu ne t'es pas fait mal en tombant dans l'escalier, je t'assure que je n'ai pas vu ton caleçon, et mon passe-temps préféré, c'est la couture, alors laisse ton pantalon devant la porte de ta chambre ce soir. »

En fait, même en anglais, elle n'aurait pas réussi à dire tout ça. Elle coupa la pizza en deux, attrapa la part d'Édouard avec une spatule, et la lui tendit. Mais Édouard secoua la tête en retirant son assiette. Quoi ? Il ne voulait pas de pizza ?

— Pas de pizza ? demanda Jess, incrédule.

— Pas de pizza, confirma Édouard en rougissant et en secouant la tête. Merci.

« Merci à toi, mon pote », pensa Jess.

Elle plaça la part sur son assiette. Édouard resta à regarder le sel et le poivre. Son assiette était vide. Il fallait que Jess lui trouve autre chose. Elle ouvrit le frigo et attrapa du fromage, du salami, du jambon, des olives, du beurre, de la margarine, un fromage français mou à la crème avec de l'ail, ainsi qu'une brique de jus d'orange. Et une autre de jus de pomme.

Elle plaça le tout devant lui. Il regarda la table comme si Jess venait d'y poser un cadavre de chien en décomposition. Elle eut envie d'attraper le rouleau à pâtisserie, mais non ! C'était un jeune étranger ! Il avait des oursons sur son caleçon ! À ce détail, Jess ressentit presque un élan de tendresse.

Elle sortit du pain. Elle trouva des biscuits, de l'houmous, du guacamole. Elle posa un paquet de chips de maïs sur la table et ouvrit un bocal de sauce salsa. Pourtant, Édouard regardait ce festin avec un air consterné.

Jess chercha dans tous les placards et découvrit un paquet de gâteaux au chocolat. Elle le lui tendit. L'expression d'Édouard changea un peu. Il passa du tourment à la simple inquiétude. Il tendit la main vers les gâteaux au chocolat. Ouah ! Il faisait une tentative pour se nourrir !

Jess lui versa un verre de jus de fruits et s'attaqua à sa pizza. Le silence était assourdissant. Et là, elle se rendit compte qu'elle faisait un bruit affreux en mâchant. Quand elle but son jus de fruits, elle fit *slurp*, puis *glou glou* de façon bien peu élégante. Mais Édouard n'avait rien à lui envier. Il mangeait la bouche ouverte. Jess avait l'impression de regarder une bétonneuse prête à construire une maison en chocolat.

Après avoir englouti la moitié de la pizza, Jess se demanda si elle devait manger l'autre. Sinon, la part risquait de rester, et Édouard se sentirait coupable de l'avoir refusée. Jess espérait bien qu'il se sentirait coupable. Non! Elle pensa aussitôt aux oursons qui fricotaient près de ses fesses. C'était un jeune étranger en terre étrangère.

Après quatre gâteaux au chocolat et une gorgée de jus de fruits, Édouard s'éclaircit la gorge. Jess attaquait la seconde partie de la pizza. Qui était un peu dure. Elle l'avait laissée trop longtemps au four…

— Hum, fit Édouard en s'essuyant la bouche avec le revers de la main.

Oh non! Il allait parler.

— *Ouestamere**? dit-il.

C'était apparemment une question. Mais qu'est-ce qu'il voulait dire?

— Pardon? dit poliment Jess en haussant les sourcils comme si elle n'avait pas entendu, plutôt que pas compris.

110

— *Ouestamere** ? répéta Édouard.

C'était injuste de sa part de parler français. Il était venu pour apprendre l'anglais, quand même !

— En toute honnêteté, dit Jess avec un sourire agréable, je n'ai pas la moindre idée de ce sur quoi tu déblatères, mais considère que cela n'a aucune importance.

Si seulement Flora et Fred avaient été ici pour le distraire… Ou même sa mère !

Cependant, Jess se souvenait vaguement de ce que voulait dire «où» en français. Ensuite, il avait dit le mot «est». Édouard avait dit «Où est». Bingo ! Il demandait où était quelque chose.

Mais quoi ? *Ouestamere**. Mer. Mais oui, il parlait de la mer ! Ils avaient étudié la géographie de la France récemment, et Mrs Bailey avait insisté sur le fait que la France était entourée de trois mers : la Manche au nord, l'Atlantique à l'ouest et la Méditerranée au sud. Mais cette bonne vieille Angleterre battait tout de même la France à plate couture, entourée de mer qu'elle était.

Apparemment, Édouard demandait où se trouvait la mer. Aurait-il des pensées suicidaires ? Avait-il pour projet de se jeter d'une falaise ? Mais où était donc la mer la plus proche ? À l'immense déception de Jess, les vacances à la mer restaient exceptionnelles dans sa vie.

Son père habitait St Ives, une ville au bord de la mer, mais à des centaines de kilomètres, et Jess n'y était encore jamais allée. Elle avait l'impression que même la mer la plus proche de chez elle était à des centaines de kilomètres. Elle sourit et leva un doigt pour lui faire comprendre de ne plus rien dire. (De toute façon, comment aurait-il fait ?)

— Où est la mer ? dit-elle avec un sourire de triomphe.

Édouard hocha la tête et faillit presque sourire, lui aussi. La communication était établie.

— Attends une seconde, je vais chercher un atlas !

Jess bondit sur pied. Édouard la regarda d'un air étonné. Elle courut au salon. Comme cet endroit vide, sans correspondant français qui attendait qu'on le nourrisse et qu'on lui parle, semblait accueillant… Jess examina les étagères.

Sa mère étant bibliothécaire, les livres étaient parfaitement rangés. Et il y avait toute une série d'atlas dans un coin. Jess les trouva tout de suite, mais elle continua quand même à chercher, histoire de gagner quelques précieuses minutes. Elle finit par en apporter un à la cuisine.

— Et voici un atlas ! s'écria-t-elle, comme si c'était le dernier accessoire à la mode.

Elle le posa sur la table. Édouard semblait ahuri. Jess feuilleta les pages jusqu'à trouver une carte de la région. Dans le coin tout en bas à droite, il y avait un bout de mer.

— Là ! dit-elle avec un sourire de triomphe.

Édouard la regarda comme si elle était folle. C'était quoi le problème avec ce gars ? C'était lui qui avait commencé à parler de géographie. Jess mesura la distance entre chez eux et la mer avec un couteau.

— Quelle est l'échelle de cette carte ? se demanda-t-elle d'une voix pensive.

Elle avait l'impression de parler toute seule. D'ailleurs, ce n'était pas seulement une impression, mais la réalité. Jess était la seule personne à se comprendre dans cette pièce. Grâce à l'échelle, elle en conclut qu'ils habitaient à 72 miles de la mer.

— Soixante-douze miles ! annonça-t-elle.

Édouard n'exprima rien, sinon de la panique. Jess comprit aussitôt que le problème venait des miles.

— Viens, dit-elle en courant à l'étage.

Édouard la suivit en tenant l'arrière de son pantalon. Jess entra dans le bureau de sa mère et se connecta à Internet. Elle apporta une chaise supplémentaire pour Édouard. Il s'assit avec un bruit de tissu qui se déchire.

Jess tapa miles-kilomètres sur Google. Elle atterrit sur un site qui s'appelait Évasion. Elle ne put s'empêcher de sourire. Si seulement elle avait pu s'évader ! Il y avait un convertisseur.

— Voilà ! dit Jess. La mer est à 115 kilomètres !

Elle s'attendait à ce qu'Édouard ait l'air content, mais il avait toujours l'air perdu. Puis Jess eut la première bonne idée de la soirée. Elle se leva d'un bond et proposa à Édouard le siège devant l'ordinateur. Il l'accepta aussitôt. Ses petits doigts se mirent à tapoter à toute vitesse sur le clavier. Jess fut stupéfaite de voir apparaître plein de pages en français.

Il semblait exister des Français fabuleux : ils s'embrassaient sur les joues, ils arrosaient de jolis pots de fleurs, ils skiaient, ils faisaient de la planche à voile, tout ça. À la vue de compatriotes, Édouard eut l'air heureux. Alors Jess annonça :

— Je vais faire la vaisselle !

Et s'enfuit dans la cuisine.

Elle détestait faire la vaisselle, surtout qu'elle avait déjà préparé le dîner, mais avec un garçon, qu'espérer d'autre ? Après avoir débarrassé la table et étouffé quelques renvois (elle avait mangé trop de pizza), Jess décida de rappeler Flora.

— Dieu, je t'en supplie, murmura-t-elle en composant le numéro, fais que ça ne soit pas son père qui réponde.

Même si Jess se demandait parfois si Dieu et le père de Flora ne faisaient pas qu'un. En tout cas, ils avaient tous les deux une voix tonitruante.

16

– Allô ?

Ouf, c'était la mère de Flora. Autrement dit, une personne merveilleuse, câline, glamour et flemmarde qui passait la plupart du temps sur son canapé. Elle traitait toujours Jess comme sa fille, tandis que son mari ne voyait en Jess qu'un bidet cassé qui méritait d'être envoyé à la décharge.

Après avoir expliqué à Mrs Barclay les difficultés d'être seule à la maison avec son correspondant français, Jess eut enfin Flora au téléphone.

– Comment ça va, ma belle ? demanda Flora. Nous, on s'éclate. Je suis en train de redessiner les sourcils de Marie-Louise.

Réprimant une pique de jalousie (c'est Jess qui aurait dû bénéficier de telles attentions esthétiques à la place de la Française), elle exprima son problème.

– C'est un cauchemar ! annonça-t-elle. Ma mère est partie voir ma grand-mère ! Édouard n'a pas voulu manger de pizza ! Il n'a pris que cinq gâteaux au chocolat pour le dîner ! Il est tombé dans l'escalier et j'ai vu son caleçon ! Il est incapable de tirer la chasse et ça me gêne d'en parler. De toute façon, même si j'en avais le courage, il ne comprendrait pas un mot.

— Mets-lui un film, lui proposa Flora.

— Pour l'instant, tout va bien, il est sur Internet. Tu savais que ça existait aussi en français, Internet ?

— Eh bien, laisse-le surfer toute la soirée, dit Flora. Au moins, il te foutra la paix.

— Il est quelle heure ?

— Euh… Sept heures dix.

— Seulement sept heures dix ? s'écria Jess d'un ton angoissé. Comment je vais survivre à cette soirée ?

— En faisant tes devoirs ? suggéra Flora, qui s'y mettait dès qu'elle rentrait chez elle.

(Sinon, elle n'avait pas le droit de dîner, Dieu en avait décidé ainsi.)

— Mes devoirs ! Excellente idée ! Je vais faire mes devoirs ! Et quand j'aurai fini, j'en inventerai d'autres !

— Édouard lui aussi a des devoirs, n'oublie pas.

— Oui ! Bien sûr ! Je me suis toujours demandé à quoi servaient les devoirs, mais ce soir, ça me semble évident. Au fait, il m'a posé une question bizarre : il m'a demandé où était la mer.

— La mer ? s'étonna Flora.

— Oui, genre : « Où est la mer ? » J'ai cherché

116

sur un atlas et tout ça. J'ai même calculé en kilomètres la distance qui nous séparait de la mer,
mais ça n'a pas eu l'air de l'intéresser. Il est vraiment ingrat. En plus d'être anorexique.

— Ce n'était pas *Où est ta mère ?* plutôt que *Où
est la mer ?* lança Flora d'un ton un peu agacé.

— Mais c'est presque pareil ! se lamenta Jess,
qui commençait à comprendre.

— Oui, il y a juste l'orthographe qui change…
soupira Flora.

Malgré cette explication bienvenue, Jess avait
quand même envie de frapper Flora.

— Ça serait logique, puisque ta mère est absente,
non ?

— Tu as raison… C'est tellement évident, dit
Jess. Merci. Et maintenant, je dois lui traduire
en français : «Maman est partie voir mamy pour
une raison obscure et elle s'excuse.» Cela va juste
me prendre sept semaines, mais au moins, la
soirée ne me paraîtra pas trop longue.

— Attends une minute, dit Flora. Je vais demander la traduction à Marie-Louise.

Pour finir, Flora et Marie-Louise traduisirent
le message en français et le dictèrent à Jess,
qui écrivit le tout. Elle raccrocha et poussa un
immense soupir. Inutile de songer à faire ses
devoirs. Son cerveau était à l'état liquide.

Elle monta à l'étage. Édouard était toujours
en train de lire ses e-mails. Jess plaça le papier
devant lui. Il le lut, puis leva la tête avec ce qui

ressemblait à un sourire et hocha la tête. Jess sentit un raz-de-marée de soulagement. Elle descendit faire ses devoirs.

Jamais son travail ne lui avait paru aussi peu ennuyeux. Même si elle était épuisée, la perspective de faire la conversation avec Édouard était bien pire que de rédiger un devoir sur les Têtes rondes et les royalistes. Jess était royaliste, d'ailleurs, puisqu'elle adorait le velours, la dentelle, les boucles, etc. Elle adorait aussi la comédie, et elle détestait les Têtes rondes depuis qu'elle avait appris qu'ils avaient fait fermer tous les théâtres. Elle se jeta sur son essai avec joie.

En plein procès de Charles Ier, elle entendit Édouard quitter l'ordinateur pour entrer dans la salle de bains. Il y eut un long silence, puis il recommença à vouloir tirer la chasse d'eau. Cependant, au bout de la dix-septième tentative, au moment où Jess était sur le point de se mettre les mains sur les oreilles et de hurler, il réussit au prix d'un immense effort.

La cascade d'eau retentit comme une véritable musique aux oreilles de Jess. Elle soupira de nouveau, cette fois de soulagement. Puis elle entendit Édouard sortir de la salle de bains. Elle se crispa, de peur qu'il descende ou qu'il tombe dans l'escalier, mais il fit la seule chose raisonnable : il partit dans sa chambre et ferma la porte.

– Dieu merci !

Jess reprit son travail. C'était bizarre de faire ses devoirs sans sa mère debout dans son dos, bras croisés, qui poussait des grognements féroces. Un correspondant français, ça vous changeait la vie.

Pour finir, elle termina sa dissertation (qui méritait à coup sûr un vingt sur vingt. Elle faisait trois pages et demie à la place de l'habituelle demi-page). Puis Jess mit des chips de maïs, un petit pot de sauce, une banane, une pomme, un morceau de fromage et d'autres gâteaux au chocolat sur une assiette et déposa le tout devant la porte d'Édouard avec une cannette de Coca. Elle frappa, puis dévala l'escalier en courant. Elle avait l'impression de garder un fauve.

Après cet acte charitable, elle alluma la télé et s'étala sur le canapé. L'instant suivant, sa mère et sa grand-mère la regardaient, et une émission étrange sur la pêche en mer passait à la télé. Jess comprit qu'elle dormait sans doute depuis des heures. Elle espérait qu'Édouard n'était pas descendu pour la voir comme ça. Elle s'assit, bâilla et s'étira.

— Il est minuit, dit sa mère. Viens, Jess, tu vas venir dormir avec moi, cette nuit. Mamy reste ici un jour ou deux. Elle va prendre ta chambre.

— Tu vas bien, mamy ? demanda Jess en bondissant sur ses pieds pour embrasser sa grand-mère bien-aimée.

— Très bien, ma chérie, dit mamy. Mais il faut croire que je suis punie.

— Ne fais pas l'idiote, mamy, dit la mère de Jess.

— Punie ? répéta Jess.

Sa grand-mère haussa les épaules.

— J'ai juste bavardé un peu, dit-elle d'un ton sarcastique. Je ne veux pas t'embêter en prenant ton lit, ma chérie. Je vais dormir sur le canapé.

— Non, non ! protesta la mère de Jess. Tu dors dans le lit de Jess. Tu sais que c'est mieux pour ton dos. Je vais te préparer une tasse de cacao.

Sa mère partit à la cuisine, et sa grand-mère s'assit sur le canapé, l'air furieux. Jess était stupéfaite de voir qu'elles étaient visiblement furieuses l'une contre l'autre, et elle se dit que la meilleure chose à faire était de distraire sa grand-mère.

— Alors, mamy, dit-elle en attrapant la main de sa chère grand-mère. Tu n'as pas quelques bons petits meurtres à me raconter ?

Sa grand-mère adorait les homicides. Ses yeux se mirent à pétiller de malice.

— Rien de nouveau, dit-elle. Mais si ma situation ne s'arrange pas bientôt, je vais commettre un assassinat sur la personne de ma fille.

Mon Dieu ! Sa grand-mère voulait tuer sa mère ! Mais qu'est-ce qui se passait ?

17

— Mais qu'est-ce qui se passe avec mamy ?
demanda Jess une fois couchée avec sa mère
dans le grand lit.

— Rien, répondit sa mère. Rien d'important.

— Cela semble plutôt important, au contraire,
la contredit Jess. Tu la ramènes ici sans prévenir,
et elle a l'air furieuse. Qu'est-ce qui s'est passé ?
Elle fréquente de mauvais garçons ou quoi ?

Son grand-père était mort depuis un bon
moment, et Jess se demanda si les gens aussi
vieux que sa grand-mère pouvaient encore tomber amoureux.

— Ne dis pas n'importe quoi, dit sa mère. Tais-
toi, maintenant, Jess. J'ai envie de dormir. Je suis
épuisée.

— Je ne me tairai pas tant que tu ne m'auras
pas expliqué ce qui se passe, dit Jess.

Sa mère soupira.

— Bon, voilà, quelqu'un profite de mamy.

— Profite d'elle ? De quelle façon ?

— Elle a une nouvelle amie. Une femme qui
s'appelle Gina.

— Et quel est le problème avec Gina ? demanda Jess. Mamy n'a pas le droit de choisir ses amis ? C'est un peu dur, non ? Elle n'est plus une petite fille !

Il y eut un long silence pendant lequel sa mère ralluma sa lampe de chevet pour prendre ses médicaments contre la migraine. Elle n'avait pas besoin de se lever, la bouteille d'eau et la boîte de médicaments étaient toujours sur sa table de nuit. Puis elle se recoucha et remonta la couette jusqu'à ses oreilles. Jess attendit. Sa mère ne dit pas un mot.

— Je t'ai demandé : quel est le problème avec cette Gina ? dit Jess.

— Le problème, c'est que mamy lui donne vingt livres à chaque fois qu'elles se parlent ! lâcha sa mère.

— Quoi ? (Jess n'en revenait pas.) Tu veux dire qu'elle fait payer mamy pour discuter avec elle ?

— C'est à peu près ça. Or, ces derniers temps, elles ont eu jusqu'à trois ou quatre conversations par semaine. Je ne supporte pas que ma mère soit exploitée. Je dois dormir, maintenant, Jess. Il est près de minuit et demi, pour l'amour du Ciel ! On doit se lever à l'aube pour qu'Édouard soit à l'heure pour partir à Oxford.

— Au fait, dit Jess. Il a déchiré son pantalon ce soir en tombant dans l'escalier.

— Quoi ? lança sa mère en se retournant comme une crêpe dans le lit. Oh ma tête ! C'est horrible. Tu as dit qu'il était tombé dans l'escalier ?

— Oui. Mais ce n'était pas ma faute. Il a fait ça tout seul.

— Il s'est fait mal ?

— Eh bien, il a fait comme s'il ne s'était rien passé, donc il ne doit pas avoir trop mal.

— Oh mon Dieu ! fit sa mère. Et s'il mourait ?

— Maman, de toute évidence il n'est pas mort. Il a dîné à la cuisine, puis il est allé voir ses e-mails. Et si tu t'intéressais plutôt aux vrais problèmes ? Son pantalon est déchiré. J'ai vu un bout de son caleçon. Il y avait des oursons dessus.

— Comme c'est mignon ! s'exclama sa mère. Ne t'en fais pas pour son pantalon. Il en a certainement apporté un autre. Mamy le récupérera et le recoudra demain en son absence.

— Et quand est-ce qu'elle pourra rentrer chez elle ?

— Quand elle aura repris ses esprits, dit fermement sa mère. Je t'en supplie maintenant, Jess, tais-toi. Je dois dormir, et toi aussi.

Jess, qui s'était assoupie sur le canapé dans la soirée, eut du mal à trouver le sommeil.

Elle rêva du lycée. Oh mon Dieu ! Elle était en retard pour l'appel. Elle fut prise d'une peur terrible. Qu'est-ce qu'elle avait fait de ses devoirs ? Elle fouilla dans son sac. Pas de devoirs ! Oh non, et maintenant, elle avait raté l'appel !

Nicolas surgit. Ils étaient tous deux au milieu d'une foule, mais il ne regardait qu'elle, l'attrapait et la plaquait contre sa poitrine virile.

— Je t'aime, Jess, dit-il.

Autour d'eux, tout le monde applaudissait. C'était gênant, mais aussi assez génial. Jess était aux anges. Et tout à coup, comme par mystère, ils se retrouvaient sur l'estrade du lycée. Tout le monde criait et applaudissait. Mrs Bailey les accompagnait. Elle leva la main. Le public se calma.

— J'ai le grand plaisir de vous annoncer les fiançailles de Jess Jordan et de Nicolas Playdoh, dit-elle. Il ne me reste plus qu'à souhaiter que votre progéniture soit bilingue. Je vais vous chanter une chanson de félicitations, mais d'abord, je dois me vider les intestins.

Et elle releva sa jupe sur l'estrade.

À cet instant, Jess se rendit compte que ça n'était qu'un rêve. D'un côté, c'était génial de sortir avec Nicolas. D'un autre, elle ne voulait pas passer une seconde de plus avec Mrs Bailey en train de se soulager. Jess savait comment se sortir d'un cauchemar — en ouvrant les yeux. Mais elle ne voulait pas perdre Nicolas. Peut-être pouvait-elle lui suggérer qu'ils s'envolent vers une île tropicale paradisiaque ? Elle se tourna vers lui. Il la tenait toujours par la main. Mais entre-temps, il s'était transformé en babouin.

— Ah ! cria Jess en se réveillant.

Un instant, elle ne reconnut pas les rideaux de sa chambre et crut qu'elle rêvait toujours. Puis elle se souvint qu'elle avait dormi dans la chambre de sa mère. Le lit était vide.

— Réveille-toi, Jess! cria sa mère depuis le bas de l'escalier. On est déjà en train de prendre le petit déjeuner!

— J'arrive! cria Jess en sortant du lit.

Par bonheur, sa mère avait pensé à lui apporter son uniforme de lycéenne, ainsi que des dessous et une chemise propres. Sinon, Jess aurait dû apparaître dans son pyjama Winnie l'ourson. Presque pire que son cauchemar.

Quand elle arriva dans la cuisine, elle crut cependant que le cauchemar se poursuivait. Sa grand-mère lui sourit, mais à peine. Elle était toujours furieuse contre sa fille. La mère de Jess avait encore la migraine et prenait ses médicaments. Édouard leva brièvement la tête et dit : *Bonne jour!* puis enfouit le nez dans son chocolat.

— Bonjour, Édouard! Bonjour tout le monde! dit Jess d'un ton volontairement exubérant.

D'habitude, elle ne disait jamais bonjour chez elle. Sa mère et elle s'épargnaient ces formalités.

Édouard termina sa tartine, et sa mère lui dit quelque chose en français. Il répondit : «Excusez-moi», puis monta à l'étage.

— Il va chercher ses affaires, dit la mère de Jess, qui terminait de lui préparer un pique-nique. On doit partir dans cinq minutes, Jess.

— Pas de problèmes. N'oublie pas de lui mettre des gâteaux au chocolat.

— C'est déjà fait, dit sa mère d'un ton sec. Je vais aux toilettes. Dépêche-toi.

À cet instant, elles entendirent Édouard entrer dans la salle de bains. Toutes trois regardèrent le plafond.

— Dommage pour toi, maman, dit Jess. Tu vas devoir te produire en public, comme Mrs Bailey dans mon cauchemar, cette nuit.

— Dieu merci, il y a des toilettes à l'extérieur, dit sa mère, qui fila par la porte du jardin.

Jess et sa grand-mère avaient enfin un moment de tranquillité.

— Mamy, dit Jess. C'est quoi cette histoire avec ton amie Gina qui te prend vingt livres à chaque fois que vous parlez ?

Sa grand-mère attrapa la main de Jess, s'approcha, regarda autour d'elle d'un air de conspiratrice et souffla :

— Ce n'est pas pour avoir une conversation avec elle, ma chérie. Elle me met en contact avec grand-père.

— Quoi ? s'exclama Jess. Tu veux dire qu'elle est médium ou un truc comme ça ?

— Oui, elle communique avec les morts. Elle est géniale. Elle parle à grand-père comme s'il était dans la pièce. Et elle me transmet ses messages. Des choses que seuls lui et moi pouvons connaître. De mon point de vue, ma chérie, c'est de l'argent bien employé, et si ta mère essaie de me garder ici contre ma volonté, je voudrais que tu m'aides à fuguer.

Sa grand-mère fit un clin d'œil, mais on sentait que, sous cette plaisanterie, elle était sérieuse. Jess était abasourdie. Elle était encore en train de se demander si sa grand-mère était folle quand Édouard dans la salle de bains et sa mère dans les toilettes extérieures tirèrent la chasse en parfaite synchronie. Jess avait l'affreux sentiment que, d'une certaine manière, son cauchemar se poursuivait.

18

Le plus dur consistait à conduire Édouard au lycée à temps pour qu'il prenne le bus d'Oxford. Il pleuvait. Alors qu'ils couraient vers la voiture, Édouard fit une grimace en direction du ciel comme pour sous-entendre que, dans son pays, il ne pleuvait jamais.

— La reine renâcle face à notre légendaire pluie britannique ! dit Jess en bouclant sa ceinture de sécurité.

— Bon, au moins, il avait un autre pantalon, fit remarquer sa mère.

Édouard portait un jean, et la grand-mère de Jess avait pour mission de récupérer et de réparer le pantalon déchiré pendant que tout le monde était parti.

— Imagine comme ça aurait été affreux s'il n'en avait apporté qu'un ! Il aurait pu être interpellé pour avoir montré ses fesses à tout le monde, ajouta sa mère.

Ils atteignirent le lycée. Un bus était garé devant la grille, entouré d'une marée de parapluies. Jess et Édouard se glissèrent dans la foule.

Édouard s'enfuit sans un regard. Jess chercha Flora des yeux.

Tout à coup, Nicolas apparut, l'air alangui et cool. Quand il la vit, il sourit. Jess se sentit rougir en se rappelant son rêve. C'était comme si Nicolas était au courant. Comme s'il avait fait le même.

— Salut, Jess, lança-t-il.

— Salut, Nicolas, répondit Jess.

Elle voyait déjà Jodie en train de se frayer un chemin vers eux.

— Bon voyage à Oxford, fit-elle. J'espère que ta journée ne sera pas trop bof.

Nicolas éclata de rire.

— *Mourante !* fit-il.

Jess lui fit un petit signe de tête et s'éclipsa. Elle aurait bien aimé qu'il arrête de la traiter de mourante.

Après l'appel, Jodie rejoignit Jess et Flora. Elle regarda tout autour d'elle comme si elle avait des révélations secrètes à leur faire.

— C'est bon pour ce week-end ! souffla-t-elle. Mais ma tante ne veut pas qu'on soit plus de six. Alors il y aura juste Nicolas, Édouard, Marie-Louise et nous trois. Elle a un pré magnifique juste à côté de sa maison, avec un ruisseau superbe, et elle a des toilettes à l'extérieur, comme ça on n'aura pas besoin d'entrer chez elle.

Jess était ravie de savoir qu'il y avait des toilettes. En pique-nique, un jour, elle avait dû se cacher dans un bosquet, et elle avait eu un gros problème avec des orties.

— Mon père dit qu'il va juste pleuvoir aujourd'hui, dit Flora. Et qu'il y aura un réchauffement ce week-end.

À cet instant, la cloche sonna pour le cours d'éducation domestique. Jess se rappela tout à coup qu'ils allaient faire une pizza, mais qu'elle avait oublié d'apporter ses ingrédients. C'était ça le problème, avec la cuisine. Dans toutes les autres matières, on arrivait toujours à trouver une solution, par exemple copier ses devoirs sur Flora. Mais Jess ne pouvait pas fabriquer une pizza avec la moitié d'un paquet de chewing-gum. Quoique? Si Jésus revenait sur terre, il adorerait s'adonner à ce genre de miracle.

Elle prit subitement conscience qu'il suffisait d'intercaler un U dans son nom pour donner «Jésus». Un instant, elle se demanda si c'était le signe qu'elle était la fille de Dieu, mais elle se dit aussitôt que, si Dieu avait décidé d'envoyer sa fille sur terre, il n'aurait pas choisi la mère de Jess en guise de Marie. La mère de Jess blasphémait souvent, et elle avait les ongles sales. Il y avait beaucoup plus de chances que Jess soit la progéniture du diable.

Confortée par cette idée, elle réussit à charmer Mrs Ford de façon éhontée en lui racontant les détails du voyage de sa mère pour aller chercher sa grand-mère, et la crainte que cette dernière soit exploitée par une femme cupide. Mrs Ford, qui aimait les histoires à sensation, pardonna Jess d'avoir oublié ses ingrédients et sortit de la farine et un peu de fromage de son placard.

— Tu devrais devenir avocate après le lycée, lui dit Flora. Tu arrives à obtenir tout ce que tu veux des gens.

La pause-déjeuner fut détendue, sans les Français. La pluie s'était arrêtée, si bien que Jess, Flora et Jodie emportèrent leur sandwich jusqu'à leur banc favori près du bâtiment des sciences. Deux filles y étaient déjà installées. Elles étaient du même âge, mais appartenaient à une autre classe. Jess les connaissait de vue, même si elles ne s'étaient jamais parlé. La première était brune avec des boutons, l'autre maigre avec des cheveux roux et des bagues sur les dents.

— Eh! C'est notre banc! s'exclama Jodie. Cassez-vous!

— Ce que, comme vous pouvez le constater, nous vous demandons avec le plus grand tact… ironisa Jess.

— C'est bon, c'est pas grave, dit Flora. On peut aller sur le terrain de sport.

— Le terrain de sport est trempé! protesta Jodie. Et c'est notre banc! On s'assied toujours là. Tout le monde le sait.

La rousse devint rouge de colère. Ses yeux verts décochaient des flammes.

— On était là en premier, lança-t-elle.

— Ne t'énerve pas, Chloé, dit la fille aux boutons en se tournant vers Jess. Vous pouvez prendre le banc, si vous voulez. De toute façon, on allait partir. Au fait, ton spectacle l'an dernier était génial.

— Pourtant, ce n'était pas le meilleur, dit Jess, ravie que quelqu'un ait aimé sa performance.

— Moi, j'ai adoré, dit la fille. Par exemple, ta blague : «Ces New-Yorkais sont formidables. Avec cent cinquante livres, vous faites vivre un trader dans un bar à cocktails pendant au moins une demi-heure.»

Elle en riait encore.

— Comment tu t'appelles ? demanda Jess, stupéfaite qu'elle se souvienne encore aussi bien de ses blagues.

La rousse était toujours sur le banc, l'air furieux.

— Zoé, répondit la fille aux boutons. Et elle, c'est Chloé.

— Vous devriez épouser les fils du Prince charmant ! fit Jess.

Elle trouvait sa blague moyenne, mais sa nouvelle fan rit quand même.

— Allez, Chloé, fit Zoé. On y va.

— Allez vous faire foutre ! hurla Chloé en se levant avec un regard assassin.

Et elle partit. Zoé la suivit du regard.

— Elle est un peu énervée aujourd'hui, soupira-

132

t-elle. Elle a vécu une tragédie hier soir avec un crapaud, fit-elle avec un haussement d'épaules.

— Mon Dieu, je suis épuisée, dit Jess en s'asseyant. Qu'est-ce qu'il ne faut pas faire, pour obtenir un peu de respect en ce bas monde !

— Tu rigoles, elle te vénère ! dit Jodie en s'asseyant à son tour. Dès qu'on sera parties, elle reviendra s'asseoir à ta place. Ça deviendra un endroit sacré pour elle.

— Il y a longtemps, dit Flora, j'étais amoureuse de Miss Gregory. Un jour, je me suis assise sur un banc juste après elle au gymnase, et il était encore chaud. Je suis presque tombée dans les pommes de bonheur.

Miss Gregory était une prof de sport. Elle était grande, poilue, et elle avait même de la moustache.

— Arrête, fit Jess. Tu vas me faire vomir. J'espère juste qu'Édouard n'est plus amoureux de moi. En tout cas, il n'en montre aucun signe, ouf !

Tout à coup, une ombre passa sur le banc. Fred surgit. Il semblait plus grand que jamais, mais moins dangereux que bizarre.

— Alors, où en est cette histoire de camping ? demanda-t-il. Mon père m'a dit qu'on pouvait emprunter sa vieille tente de l'armée. Il faudra juste ignorer les trous de balle et les taches de sang.

— Désolée, Fred, mais tu ne peux pas venir,

dit Jodie, toujours aussi diplomate. Ma tante ne veut pas qu'on soit plus de six.

— Quel soulagement, dit Fred. J'allais supporter cette épreuve avec héroïsme, mais en fait, je suis allergique à la nature. D'ailleurs, j'en ai déjà assez de ce prétendu bon air. Je vais pleurer de déception aux toilettes.

Il s'éloigna d'un pas traînant.

— Ce n'est vraiment pas sympa! protesta Jess auprès de Jodie. Ta tante ne peut pas accepter juste Fred? Un de plus… Il est si drôle.

— Nan, dit Jodie qui mordit dans son sandwich au poulet tikka en faisant claquer ses mâchoires comme un crocodile. C'est six maximum.

— Je me sens gênée par rapport à Fred, dit Flora. C'était si gentil de proposer la tente de son père, et tout ça.

— Sa tente a l'air pourrie, dit Jodie. Et les vôtres, au fait? Matériel dernier cri?

Flora eut l'air surprise.

— Mais on n'a pas de tente! dit-elle. Ma mère refuse de descendre dans autre chose qu'un hôtel quatre étoiles.

— Et toi, Jess?

— Non. On l'a vendue il y a des années. Mais offre-moi une pelote de laine, et je t'en tricoterai une d'ici à vendredi.

Malgré sa blague, elle se sentait mal à l'aise. Le week-end risquait-il de tomber à l'eau à cause d'une pénurie de tentes?

– Je pensais que tu fournissais les tentes, ajouta Jess.

Jodie grogna.

– Je fournis déjà le pré, non ? Et puis, contrairement à vous autres, j'ai une tente, mais elle est trop petite pour nous tous.

– On pourrait sans doute en emprunter une à quelqu'un, dit Flora. Whizzer en a une.

– Il voudra obtenir quelque chose en échange, dit Jodie. On peut prendre celle de Fred.

– Quoi ? s'étouffa Jess. Tu ne vas quand même pas lui interdire de venir, mais lui demander sa tente ! Tu n'as vraiment aucun tact !

La cloche sonna la fin de la pause-déjeuner. Les filles étaient mal à l'aise. Le week-end en camping allait-il être annulé parce qu'elles n'avaient pas de tentes ? Mais comment camper sans tente ?

Pourtant, quand Jess rentra chez elle, elle découvrit un obstacle bien plus important en travers de son chemin.

– Partir en camping ? lâcha sa mère qui préparait une sauce au fromage. (Jess avait encore mal calculé son moment.) À cette époque de l'année ? C'est hors de question. Déjà, nous n'avons pas de tente. Et puis, il fera froid. Édouard va attraper une pneumonie.

Édouard tenait compagnie à la grand-mère de Jess. Il avait l'air épuisé par son voyage à Oxford, et se préparait à jouer avec sa fourchette en regardant d'un air dégoûté les poireaux au bacon dans la sauce au fromage de la mère de Jess.

«Comme elle m'énerve! pensa Jess. Maman déteste cuisiner, elle a la possibilité d'être tranquille tout le week-end, et elle refuse!»

Jess sentit son moral plonger bas, très bas, traverser le sol de la cuisine, les fondations de la maison, et la glaise, jusqu'à atteindre une sombre et humide caverne où régnaient des chauves-souris avides de sang. Le week-end en camping était foutu. C'était une catastrophe.

19

Après le dîner, Édouard fila à l'étage en murmurant quelque chose qui ressemblait à «devoirs». Jess attrapa son téléphone portable et envoya un sms à Flora. AU SECOURS! MAMAN REFUSE WE CAMPING! JE MEURS DE TRISTESSE! TROUVE-MOI UNE SOLUTION!

Elle alla à la cuisine retrouver sa mère qui débarrassait le lave-vaisselle. Jess savait que ce n'était pas le meilleur moment pour lui parler. D'abord, elle devait se mettre dans ses bonnes grâces. Elle rangea le sel et le poivre dans le placard. Elle nettoya les plans de travail. Elle lava la plaque du four, qu'elle essuya avec un torchon et rangea au lieu de la laisser traîner, comme d'habitude. Jusque-là, elle avait eu un comportement exemplaire. C'était le moment de partir à l'attaque.

— Maman! s'avança-t-elle. Il faut que tu dises oui! Ce week-end en camping va être génial! Comme ça, tu n'auras pas à t'occuper d'Édouard pendant deux jours! Ni de moi, bien sûr. Je te promets que je ferai attention à lui. Et s'il pleut même une seconde, on pourra toujours se réfugier chez la tante de Jodie.

Sa mère se redressa mais, par malheur, se cogna la tête contre la porte du placard que Jess avait laissée ouverte. Elle tituba dans la cuisine en se frottant le front et en jurant si fort que, si elle avait été footballeur, elle aurait obtenu un carton rouge et aurait été expulsée du terrain. Jess voulut la réconforter et lui masser la tête, mais ces attentions ne firent qu'exacerber la colère de sa mère. Jess ne voyait plus qu'une solution : la fuite.

Sa grand-mère regardait les informations à la télévision. Jess plongea sur le canapé et se blottit contre elle.

— On a retrouvé un corps d'homme sans tête dans la Tamise, annonça sa grand-mère avec joie. Étrangement, il portait une robe.

Sa grand-mère était une vraie nécrophage.

— Quel genre de robe ? demanda Jess, prête à parler de n'importe quoi pour se changer les idées.

— Une robe de soirée des années quarante, répondit sa grand-mère.

— Hum, fit Jess. Un travelo.

— Un quoi, ma chérie ? demanda sa grand-mère.

— Rien, mamy, souffla Jess en lui tapotant la main.

Sa grand-mère ignorait sans doute tout des

138

travestis et des opérations de changement de sexe. Comme c'était long et délicat d'éduquer ses grands-parents au monde moderne…

Sa mère passa la tête dans le salon et annonça qu'elle montait dans son bureau régler des factures. Elle ordonna à Jess d'aller faire ses devoirs, sous peine de gros soucis.

— Je te promets que je m'y mets dans cinq minutes ! dit Jess en se serrant encore plus fort contre sa grand-mère.

Les informations parlaient désormais d'un sujet beaucoup moins exotique : une histoire d'impôts.

— Qu'est-ce qui se passe, ma chérie ? souffla sa grand-mère quand sa mère fut partie.

Jess lui expliqua en quelques mots le projet de week-end en camping, et la réaction hostile de sa mère.

— Je peux comprendre que vous ayez envie de vous retrouver dans la nature, dit sa grand-mère. Cela me semble une très bonne idée. Et si tu téléphonais à ton père pour qu'il intervienne en ta faveur ?

— Mamy, tu es géniale ! s'exclama Jess en lui donnant un vigoureux baiser. Et toi, comment vas-tu ? Toujours punie ?

— Il s'est passé quelque chose de merveilleux aujourd'hui, ma chérie, dit sa grand-mère. Pendant que je réparais le pantalon d'Édouard.

— Quoi ? Quoi ?

— J'ai entendu grand-père me parler. J'ai entendu sa voix tout fort, dans la pièce, comme s'il était assis dans ce fauteuil.

Jess se sentit parcourue de frissons.

— Et qu'est-ce qu'il a dit ?

— Il a dit : « Tu n'as pas besoin de Gina pour entrer en contact avec moi, mon cœur. Tu peux me parler dès que tu en as envie. »

Comme message en provenance de l'au-delà, c'était économique.

— Mais ne le dis surtout pas à ta mère, reprit sa grand-mère. Elle pense que je perds les pédales. Je vais juste lui annoncer que j'ai repris mes esprits, et que je ne ferai plus de séances avec Gina. Il faut que tu me soutiennes, ma chérie.

— Bien sûr, mamy ! Et toi, tu me soutiens pour le camping.

Sa grand-mère soupira en secouant la tête.

— Je ne pense pas qu'elle prendra mon opinion en compte, dit-elle. Mais je vais faire de mon mieux.

— Bon, moi, j'appelle tout de suite papa.

Jess courut à la cuisine décrocher le téléphone. Heureusement, sa mère ne téléphonait pas depuis son bureau. Jess devait utiliser la ligne fixe, qui n'était jamais complètement privée, mais elle avait promis de ne jamais appeler son père depuis son portable, sauf en cas d'urgence. Même si, d'une certaine manière, il s'agissait d'une urgence. Jess composa le numéro. Il décrocha. Jess lui raconta toute l'histoire en détail, jusqu'aux piquets de tente.

— Tu dois convaincre maman d'accepter! le supplia Jess. Tout le monde y va, et ça sera horrible si Édouard et moi on reste coincés ici tout le week-end. Il est incapable de parler anglais, et moi français. Et il n'est heureux qu'avec ses copains.

— Je vois le problème, dit son père. Mais est-ce que vous êtes obligés de partir *camper*?

— Oui! Ça va être génial. Mamy pense que c'est une excellente idée.

— Et s'il pleut?

— La météo annonce qu'il va faire beau! C'est le père de Flora qui le dit, et il ne se trompe jamais.

— Et pour dormir? Combien de tentes avez-vous?

— Bon sang, papa, tu es censé être mon parent artiste, moderne, tolérant, qui s'enthousiasme toujours pour mes projets les plus fous!

— Désolé, dit son père. Mais je me sens concerné, moi aussi... Et je ne peux pas marcher sur les plates-bandes de ta mère. Je partage ses inquiétudes quant à ta sécurité.

— Ma sécurité! explosa Jess. Mais on campera quasiment dans le jardin de la tante de Jodie! Qu'est-ce qui pourrait nous arriver?

— Ne me demande pas ça à moi! dit son père d'un ton nerveux. Mon sang se glace à l'idée des mille choses qui pourraient vous arriver.

141

— Tu es une mauviette ! dit Jess. J'allais te demander de plaider ma cause auprès de maman, mais tant pis.

Jess était vraiment en colère. Elle décida de changer de sujet et demanda d'une voix furieuse et sarcastique :

— Comment se passe ton exposition ? Bien ?

— Peu importe mon exposition, dit son père. Nous étions en train de parler de ton week-end en camping. Honnêtement, même si je trouvais que c'était une bonne idée, je doute que j'aurais la moindre influence sur ta mère. Me demander de te soutenir est sans doute ce que tu peux faire de pire. De quelle humeur est-elle ?

— Elle vient de se cogner la tête contre la porte du placard, Édouard n'a pas touché à son assiette de poireaux au bacon, sauce au fromage, et mamy traverse une période mystique. Elle parle avec les morts, ce genre de truc.

— Non seulement c'est une mauvaise idée en général que je demande quelque chose à ta mère, mais là à mon avis, c'est de la folie, à part si tu vas la voir en disant : « Maman, tu veux une tasse de thé ? »

— Bon, tant pis, dit Jess qui se sentit plonger dans les abysses de la déprime. Je vois bien que tu ne veux pas m'aider. À bientôt, salut.

Elle raccrocha avant même d'entendre son père dire « Je t'aime », qui était leur façon habituelle de terminer leurs conversations. Jess n'avait rien dit non plus. Elle se sentait un peu mal à l'aise de lui avoir raccroché au nez, mais elle était furieuse qu'il ne la soutienne pas. Il manquait vraiment de courage, parfois. Surtout quand il s'agissait de parler à sa mère.

Jess partit dans sa chambre et s'assit tristement à son bureau. La photo d'Édouard était toujours accrochée dans son agenda. Son sourire ne paraissait plus du tout sexy, maintenant qu'elle savait qu'il mesurait un mètre cinquante. Elle n'en revenait pas d'avoir imaginé qu'il ressemblait à Orlando Bloom. Elle arracha la photo et la jeta à la corbeille. Puis elle se dit que si, par un accident grotesque, Édouard entrait dans sa chambre, il verrait sa photo dans la corbeille et se sentirait blessé. Elle la récupéra et la glissa dans un tiroir.

Son portable vibra. C'était un sms de Flora. J'Y TRAVAILLE. LAISSE-MOI UN PEU DE TEMPS. Jess répondit aussitôt : SI TU REGLES ÇA JE TE VENERERAI A JAMAIS

Au milieu du désespoir solitaire de Jess, il restait donc une lueur d'espoir.

20

Jess attrapa son sac de classe. Qui pesait une tonne. Elle vivait vraiment un paradoxe : sa grand-mère continuait à parler à son grand-père alors qu'il était mort depuis des mois, mais ses stupides parents, tous deux vivants, étaient incapables d'échanger quelques mots au téléphone. Même si sa mère, dès qu'elle parlait de son divorce, disait toujours d'un air supérieur : « Tout s'est très bien passé. »

« Si c'est ça, se passer bien, pensa Jess, alors, je ne veux même pas imaginer quand ça se passe mal. »

Elle commença ses devoirs. Ce qui lui fit presque du bien, tellement c'était éloigné de ses problèmes actuels. Jess devait colorier sur un planisphère les forêts tropicales. Pendant une demi-heure, elle s'imagina une vie de rêve passée à batifoler dans les dites forêts avec Flora et Fred, puis chassa son rêve en se disant que ça serait sans doute interdit par leurs parents qui auraient peur des cacatoès, sans oublier les plantes vénéneuses.

Le téléphone sonna. Le cœur de Jess bondit, mais elle n'était qu'à mi-chemin de la porte quand sa mère décrocha dans son bureau. Il y eut un silence, puis sa mère cria :

— Jess ! C'est ton père !

Jess courut à la cuisine, attrapa le téléphone et dit «Allô». Elle entendit le petit bruit que fit le combiné quand sa mère le reposa sur son socle.

— Tu m'as raccroché au nez, dit son père.

— Désolée, j'étais super énervée. Mais je t'aime quand même. Vraiment.

— Moi aussi, je t'aime, dit son père. Et j'ai réfléchi, je veux bien parler à ta mère au sujet du week-end en camping.

— Mais papa, tu viens de lui parler !

— Oui, mais je préférais t'en parler d'abord pour savoir s'il y avait du nouveau depuis notre conversation. Si tu n'avais pas ajouté un autre acte au mélodrame.

— Rien du tout. Je vais la chercher. Ne bouge pas !

Jess courut à l'étage mais vit sa mère disparaître dans la salle de bains.

— Maman ! Attends ! dit-elle. Papa veut te parler !

Sa mère ne s'arrêta pas. Ses yeux décochèrent une ou deux flammes puis elle referma la porte.

— Je vais prendre un bain ! déclara-t-elle à travers le battant. Excuse-moi auprès de lui. On se parlera plus tard.

Jess entendit le bruit des robinets de la baignoire.

Le moral de Jess plongea une fois de plus. Elle alla dans le bureau de sa mère reprendre le téléphone.

– Désolée, papa. Maman se fait couler un bain, elle est déjà déshabillée, et elle ne peut pas quitter la salle de bains à cause d'Édouard.

Jess exagéra la situation pour que son père ne se sente pas vexé. Elle avait l'impression de passer son temps à ménager ses parents, alors que, techniquement, ils étaient adultes et, par conséquent, auraient dû réussir à communiquer tout seuls.

– Bon, dit son père d'un ton soulagé (qu'il n'avait pas réussi à cacher). Ce n'est pas grave. Je l'appellerai plus tard. Ou demain.

– Tu es vraiment un lâche, dit Jess. Je vois bien que tu essaies de te défiler. Demain, ça sera trop tard. Tu la rappelles dans une heure, d'accord ?

– D'accord, fit son père d'un ton peu convaincu. Je vais essayer.

– Essayer ? lâcha Jess. Tu décroches, tu composes le numéro et tu parles. C'est si difficile que ça ?

– Désolé, fit son père. Je le sais, je suis un minable.

Mais il disait ça d'un ton qui laissait entendre qu'il était assez satisfait de lui-même. Jess se

sentit très agacée, mais elle réussit à se contrôler et lui dit au revoir de façon civilisée.

Tout à coup, elle entendit la porte d'Édouard
s'ouvrir. Il descendit l'escalier. Sans tomber,
cette fois.

– D'accord, papa, dit-elle. Le Français est en
train de descendre. Je dois aller retrouver mamy.
Elle parle encore moins français que moi, autrement dit, ça s'apparente pour elle à une langue
extraterrestre.

Son père lui dit bonsoir. Jess s'offrit un petit
coup d'œil dans le miroir de la chambre de sa
mère, fit un haussement d'épaules et descendit.
Elle pensait trouver sa grand-mère devant la
télé avec Édouard debout dans la pièce d'un air
gêné, mais, à sa grande surprise, ils étaient tous
deux à la table de la cuisine, et sa grand-mère
était en train de mélanger un jeu de cartes.

– Ma chérie, te voilà, dit-elle. Nous allions
faire une partie de bésigue, mais si tu préfères,
on peut jouer à la belote, le bésigue, c'est juste
pour deux.

Jess n'en revenait pas. Le jeu de cartes de sa
grand-mère avait marqué son enfance, mais elle
n'avait jamais pensé que certains jeux avaient
des noms français. Édouard, pour une fois, avait
l'air détendu.

– Pourquoi pas ? fit Jess. Ensuite, on pourra
toujours faire un poker en pariant des allumettes.

Une demi-heure plus tard, Jess se rendit compte qu'elle se sentait beaucoup mieux. Édouard avait souri plusieurs fois. La grand-mère de Jess semblait l'avoir déridé, en vieille charmeuse qu'elle était. Il avait gagné la plupart des parties. Ils avaient prévu une pause chocolat chaud et biscuits cinq minutes plus tard, ce qui achèverait sans doute de le réduire à l'état de toutou.

Le téléphone sonna. Jess se jeta dessus, persuadée que c'était à nouveau son père. Mais non.

— Allô ? fit une voix féminine. Pourrais-je parler à Mrs Jordan, s'il vous plaît ? Ici Rose Bradshaw.

La dame avait un ton distingué, mais elle paraissait timide et peu sûre d'elle.

— Oui, bien sûr. Une minute, je vais la chercher, dit Jess, impressionnée.

Elle courut frapper à la porte de la salle de bains. Sa mère trempait toujours dans la baignoire.

— Maman ! Tu as un coup de téléphone ! Une femme étrange ! Ça a l'air important ! Elle s'appelle Rose Bradshaw.

— Rose Bradshaw ? répéta sa mère, un peu étonnée.

— Peut-être que c'est quelqu'un de la bibliothèque ! Viens vite !

— Je ne connais personne de ce nom-là. Dis-lui que j'en ai pour une minute, répondit aussitôt sa mère.

Jess entendit des bruits d'eau signifiant qu'elle s'extrayait de la baignoire.

« Classique, pensa Jess. Quand une inconnue appelle, maman se précipite hors de son bain. Quand mon père, son seul ex-mari appelle, elle s'enferme dans la salle de bains alors qu'elle n'a même pas commencé à se déshabiller. »

– Ne dis pas que je sors du bain ! ajouta sa mère, comme si c'était un crime.

– Pourquoi ? demanda Jess. Ce n'est pas interdit !

– Si tu dis que j'étais en train de prendre un bain, cette dame se sentira coupable d'avoir appelé si tard. Mais c'est bon, j'y suis presque.

Tout à coup, la porte de la salle de bains s'ouvrit, et sa mère courut dans son bureau enveloppée dans sa serviette.

– Ne t'inquiète pas, je prends ça en charge, dit-elle en décrochant.

– Allô ? fit-elle.

Jess resta sur le palier, tout ouïe.

– Oui… Ah oui… Je vois ! Jess ! Tu peux descendre raccrocher en bas ? J'entends ta grand-mère parler dans la cuisine.

Jess prit l'escalier. Sa grand-mère était en train de préparer du chocolat chaud et de raconter joyeusement à Édouard les souffrances dues à son arthrose de la hanche. Il ne comprenait sans doute pas un mot, mais ça n'avait pas l'air de le déranger. Mamy avait trouvé les gâteaux au chocolat, et il était en train de se goinfrer. Jess raccrocha le combiné.

Quelques minutes plus tard, sa mère descendit vêtue d'un horrible pantalon de jogging et de sa polaire.

— C'était la tante de Jodie, expliqua-t-elle. Elle m'a parlé un long moment pour me convaincre que cette histoire de camping allait être correctement organisée. Apparemment, Fred fournit une tente pour les garçons et la mère de Jodie une autre pour les filles, la tante va vous surveiller et, s'il pleut, vous pourrez vous réfugier dans la grange.

— Alors, c'est d'accord ? demanda Jess, qui retenait son souffle.

— Sans doute, dit sa mère, avec un air un peu boudeur.

— Génial ! fit Jess.

Plus tard dans la soirée, après quelques nouvelles parties de cartes, Jess reçut un appel de Flora qui lui expliqua comment elles en étaient arrivées là.

— Ma mère a appelé la mère de Jodie, et elle a obtenu le numéro de sa tante. Ma mère a parlé à la tante. Puis la mère de Jodie a appelé l'une de ses amies qui a une tente immense. Puis j'ai appelé Jodie et je l'ai convaincue de laisser Fred venir. Puis maman a appelé la mère de Fred, et… Oh, il y a eu plein d'autres coups de fil pour envisager tout dans les moindres détails, et pour finir, tout s'est réglé.

— Tu es merveilleuse! dit Jess. Une organisatrice-née. Demain, je te baiserai les pieds. Non, plutôt la main. Euh, plutôt je me retiendrai de te frapper. Ça te va?

— Oh oui, c'est un soulagement! dit Flora. Mais j'espère que ce week-end va tenir ses promesses. Après tout le mal qu'on s'est donné, ça serait dommage, non?

— Qu'est-ce qui pourrait mal se passer? demanda Jess d'un ton confiant.

Jess ne doutait pas que ça allait être tout simplement génial.

Alors qu'elle disait bonne nuit à sa grand-mère, cette dernière la félicita.

— Je suis ravie que cette histoire se soit finalement arrangée, lui glissa-t-elle.

Elles étaient dans la chambre de Jess, où dormait sa grand-mère, mais elles craignaient quand même que la mère de Jess entende.

— C'est sans doute grâce à grand-père! fit sa grand-mère avec un clin d'œil ridicule.

Jess n'eut pas le courage de lui répondre que c'était surtout grâce à Flora et à sa mère.

Mais qui sait? Peut-être que son grand-père avait envoyé des ondes positives à sa fille. Jess espérait vraiment que sa grand-mère arrête avec ces histoires de revenant. C'était tout de même un peu trop bizarre.

21

Le pré était superbe. Le soleil brillait. Il faisait incroyablement doux pour cette époque de
l'année, et Marie-Louise avait déjà fait preuve
d'un goût certain pour les corvées. Elle était en
train de ranger la nourriture dans des boîtes en
plastique près de l'endroit où ils avaient décidé
de faire le feu de camp. L'oncle de Jodie leur
avait apporté de la nourriture déshydratée. Jess
était très impatiente d'être autour du feu pour
chanter des chansons sous les étoiles.

La tente des filles, incroyablement moderne,
s'était quasiment montée toute seule, si bien que
Flora, Jodie et Jess étaient tranquillement assises
sur une couverture et se moquaient des garçons
qui se débattaient avec la vieille tente du père
de Fred. Elle n'avait ni trous de balle ni taches
de sang, mais des tonnes de cordes et de piquets
et, pourtant, elle ployait toujours au centre.

– Heureusement que Nicolas est grand, dit
Jodie en admirant son apollon tenir un bout de
la tente.

Nicolas portait un T-shirt moulant qui faisait

152

saillir ses muscles. De temps en temps, il tournait la tête en direction des filles, souriait et haussait les épaules, mais personne ne savait à qui il souriait puisque, bien entendu, il portait ses lunettes de soleil.

— D'un autre côté, c'est un désastre que Fred soit si grand, dit Jess.

Fred se débattait avec l'autre bout de la tente et trébuchait sur les piquets.

— Et c'est dommage qu'Édouard soit un petit abruti, dit Jodie. Mais ne t'en fais pas, Jess, l'année prochaine, ça sera ton tour.

C'était, pour Jodie, une façon de prévenir Jess et Flora que Nicolas était sa chasse gardée. Même si tout le monde avait remarqué la tendance de Nicolas à fuir Jodie pour aller discuter avec d'autres filles.

— N'oublie pas que Fred et moi, on est quasiment mariés, fit Jess avec un grand sourire, au cas où Marie-Louise entende.

Même si Édouard n'avait pas eu le courage de lui avouer sa passion, Jess ne voulait pas avoir l'air disponible.

— Mais j'aime beaucoup Édouard. Je lui ai appris à réclamer des gâteaux et, la semaine prochaine, je le fais vermifuger et traiter contre les puces, déclara Jess.

Flora partit dans un fou rire incontrôlable. Son rire en cascade était très contagieux.

Édouard faisait le tour de la tente des garçons

pour tenter de redresser le centre. Il avait l'air de s'amuser, à sa façon sinistre à lui. Il aimait visiblement la nature, et il avait déjà trouvé de très jolis scarabées près d'un vieil arbre. Il n'avait pas levé les yeux vers Jess depuis des heures. C'était génial.

— Quel endroit merveilleux! s'exclama Flora en agitant ses boucles dorées dans le soleil. C'est le paradis. Regardez ce ruisseau là-bas! Je vais prendre un bain de soleil. Mais je dois d'abord envoyer un sms à mon père pour lui dire que je mets de la crème indice trente.

Jess décida d'envoyer un sms à son père à elle, même s'il n'avait jamais rappelé le soir de la crise de la permission. Il lui avait envoyé un sms le lendemain : DESOLE OUBLIE DE RAP-PELER TROP TARD. DESOLE DESOLE DESOLE TUE-MOI POUR METTRE FIN A MES SOUF-FRANCES PAPA INUTILE ×××

— Je vais aller patauger dans le ruisseau, dit Flora en se levant. Quelqu'un veut m'accompagner?

— Il faut préparer le feu, dit Jodie d'une voix de martyre. Et aussi le dîner.

— Marie-Louise adore cuisiner, dit Flora. Elle a déjà tout déballé.

— Arrête de te plaindre, Jodie! dit Jess. Et peut-être que Nicolas pourra t'aider à faire le feu. (La tente des garçons était enfin montée.) Dès qu'on aura fait un petit tour, on vient vous donner un coup de main.

Jess passa son bras sous celui de Flora, et elles partirent vers le ruisseau. L'atmosphère était toujours un peu tendue quand Jodie était là. Elle avait tendance à les coller, à leur donner des ordres et ne les laissait pas une seconde tranquilles.

— Nicolas pourrait faire démarrer un feu rien qu'en fixant deux brindilles, murmura Jess à l'oreille de Flora. Il ne se prend vraiment pas pour rien !

— Mais il n'est pas mal, dit Flora.

— Mouais, fit Jess.

Elle refusait d'admettre qu'elle avait fait un rêve très agréable sur Nicolas. Enfin, jusqu'au moment où il s'était transformé en babouin. Elle reconnut :

— J'imagine que si tu aimes ce genre-là, il n'est pas mal. Personnellement, j'aime bien ce genre-là. Je ne sais pas ce que j'ai en ce moment. Tout le monde me plaît.

— Moi aussi, avoua Flora. Hier, j'ai même flashé sur un agent de circulation.

— Moi, je flashe toujours sur les agents de circulation !

— Moi, je flashe toujours sur les uniformes, renchérit Flora.

— J'espère qu'il n'y a rien dans ce ruisseau, dit Jess. Sinon, je serais capable de flasher sur un poisson.

Elles s'assirent pour retirer leurs chaussures

et leurs chaussettes. Le ruisseau s'écoulait avec un son harmonieux. Qui ressemblait au rire de Flora. Des cordes étaient accrochées à la branche d'un arbre. Apparemment, des enfants avaient joué à Tarzan par-dessus l'eau.

— Bon, dit Jess. C'est toi le chef de la bande, donc tu montres l'exemple.

Jess prévoyait déjà de rester sur la rive si le cri de Flora s'avérait trop aigu quand elle toucherait l'eau glacée.

— Tu penses que c'est profond? demanda Flora d'un ton inquiet en se relevant et en agitant les orteils.

— Ça t'arrive à peine aux chevilles, dit Jess. Flo, on voit le fond! Attends! Peut-être que tu devrais envoyer un sms à ton père. SUIS EN TRAIN DE BARBOTER DANS LE RUISSEAU PAPA MAIS PAS DE PANIQUE ÇA FAIT JUSTE 3 CM DE PROFONDEUR

Flora s'avança jusqu'au bord et hésita pendant un long moment.

— Monte sur le gros rocher marron, suggéra Jess. Mais méfie-toi, parce que je commence à flasher dessus, étant donné qu'il n'y a aucun mâle dans les parages.

Flora tendit son magnifique pied vers le rocher. Qui se balança, si bien qu'elle perdit l'équilibre. Elle tituba dans l'eau en s'éclaboussant et en riant, mais réussit à rester debout.

— C'est glacé! hurla-t-elle. Je sors!

— Bien joué, en attendant, dit Jess. Tu as remporté la médaille anglaise du barbotage.

Flora atterrit sur l'herbe. Ses pieds étaient couverts de boue et marbrés de froid, mais ils n'en restaient pas moins, bien entendu, les plus beaux pieds à des kilomètres à la ronde.

— On aurait dû apporter des serviettes, dit Flora. Il faut que je retourne à la tente. Tu viens ?

— Je ne sais pas… fit Jess. Je pense que je vais d'abord envoyer un sms à mon père. J'arrive dans une minute.

Flora partit, et Jess sortit son téléphone.

SUIS PRES D'1 RUISSEAU DANS CE QUI S'APPELLE NATURE ESPERE QUE TU ES IMPRESSIONNE TOUT VA BIEN 1 TENTE POUR LES FILLES 1 POUR LES GARÇONS PAS DE DROGUE PAS D'ALCOOL SEULE MENACE POUR LA SANTE SAUCISSES PAS CUITES ESPERE QU'EXPO SE PASSE BIEN LOVE JESS

Elle envoya son message puis observa le ruisseau un moment. Son téléphone sonna.

REGRETTE NE PAS ETRE LA MEME SI TU DETESTERAIS MA PRESENCE AMUSE-TOI BIEN VERNISSAGE DANS 2 HEURES DOIS ALLER ME SUCRER LES CHEVEUX LOVE PAPA

Jess sourit. Il fallait vraiment qu'elle aille voir son père en Cornouailles l'été prochain. Elle n'avait toujours pas vu sa maison. Il venait souvent la voir en ville, ils piquaient des fous rires, ils allaient au cinéma, patiner et manger une pizza, mais Jess avait quand même très envie de voir où il habitait, pour l'imaginer tranquillement chez lui. Elle poussa un soupir.

Tout à coup, elle entendit des pas et un bruit de bouteilles. Elle se retourna et découvrit Nicolas, qui s'avançait vers elle les bras chargés de limonade, de Red Bull et de Coca.

– Salut Jess! dit-il.

Derrière lui, au bout du pré, Jess aperçut de la fumée. Le feu de camp avait démarré. Il posa avec précaution les bouteilles sur l'herbe et s'assit près d'elle.

– Jodie m'a demandé de *froidifier* ces bouteilles, dit-il. *Avec le fleuve.*

Il releva ses lunettes et les posa sur le haut de son front.

Bon sang, il avait des yeux incroyables. Verts avec des paillettes dorées. Jess dévisagea Nicolas et, de façon assez incroyable, il la dévisagea à son tour. Jess pensa que le feu de camp n'était pas la seule chose qui venait de s'enflammer. Maintenant que Nicolas était là, elle n'était plus obligée de flasher sur un rocher. Nicolas était un objet bien plus passionnant.

22

— Euh… fit Jess.

Tout à coup, elle était incapable de penser à rien.

— Dis quelque chose de *mourant*, Jess, dit Nicolas d'une voix câline. Tu es si *mourante*.

Jess rougit. Les yeux divins de Nicolas étaient en train de lui faire fondre le cerveau. Comment trouver une chose *mourante* à dire dans un moment pareil ?

Elle roula sur le ventre et attrapa une bouteille, puis rampa jusqu'au bord de l'eau.

— Il faut les mettre dans la boue pour qu'elles ne soient pas emportées par le courant, dit-elle.

Elle ne gagnerait pas la médaille de la remarque la plus intéressante, mais ça avait le mérite d'être des mots dans le bon ordre, et avec du sens. Vu la vitesse à laquelle le cœur de Jess battait, c'était presque un exploit.

Nicolas s'approcha d'elle et ils enfouirent les bouteilles dans la boue. Le silence était presque menaçant. Ils étaient si proches que leurs bras se touchaient presque. Leurs mains étaient dans l'eau. Nicolas ramassa une poignée de boue.

— Comment ça s'appelle ? demanda-t-il.

— Boue, dit Jess.

Puis elle se rendit compte que cela ressemblait beaucoup à *pou*. Alors elle répéta :

— *Boue*, pas *pou*, en dessinant en l'air un pou dans les cheveux et en faisant une grimace de dégoût.

Nicolas éclata de rire.

— T'es *mourante*, dit-il.

— Euh, pas *mourante*, marrante, dit Jess. Mar-rante.

— T'es *mairante*, répéta Nicolas en lui faisant un petit sourire et en la regardant droit dans les yeux. T'es mon instituteur d'anglais.

— Pas de doute, mon gars, s'exclama Jess, incapable de contenir son cri de délice.

Puis elle frappa la boue qu'il avait dans la main. Elle était en train de remporter la médaille des relations franco-anglaises.

— Ça, c'est pour toi ! fit Nicolas, en riant alors qu'il attrapait une autre poignée de boue et la lui plaquait dans la main.

Quel petit jeu excitant ! Jess comprenait tout à coup l'intérêt des combats de boue. Tant que c'était avec Nicolas.

Tout à coup, il lui attrapa la main sous l'eau. D'abord, comme s'il voulait la nettoyer. Quelques fusées partirent dans la poitrine de Jess. Nicolas se mit à jouer avec ses doigts sous l'eau, et ne la lâcha plus. Il lui lança un petit regard séducteur. Jess se sentait folle de bonheur. Et ahurie. Cette scène était-elle réellement en train de se passer? Un garçon qu'elle trouvait si beau pouvait-il lui tenir la main? Mais un serpent s'immisça dans ce paradis.

— Et Jodie? murmura Jess.

Jodie était à des centaines de mètres de là, mais Jess sentait malgré tout son regard sur eux.

Même allongé, Nicolas haussa les épaules. Un Anglais n'aurait jamais réussi à faire un truc pareil. Ces *latin lovers* avaient une souplesse incroyable.

— Jodie est ma correspondante, dit-il, pas mon amie. Et Fred?

— Oh, Fred! (Le cœur de Jess fit une embardée.) Fred et moi… (Son esprit filait à toute allure. Que pouvait-elle dire? Elle ne pouvait pas raconter qu'elle faisait semblant de sortir avec Fred pour éviter Édouard. Cela paraîtrait un geste d'agression contre les Français. Et puis, c'était difficile à expliquer, même en anglais.) Fred et moi, c'est fini. On s'est séparés.

Les sourcils de Nicolas montèrent très haut. Ces *latin lovers* avaient vraiment des expressions très différentes des Anglais. Leur visage était un spectacle en soi. Quels merveilleux sourcils il avait! Jess n'arrivait pas à la moitié d'une telle perfection, même après deux heures d'épilation.

— Toi et Fred, c'est fini ? s'étonna-t-il. Mais vous êtes toujours amis ?

— Oui, oui, on est de bons amis, maintenant, répondit Jess à la hâte.

Nicolas eut l'air étonné. Peut-être que les Français se séparaient toujours dans les pires disputes. Peut-être que quand ils se séparaient, ils se jetaient dans la Seine. Ils avaient un caractère tellement entier. Quel peuple merveilleux…

— Nicolas !

Oh non… C'était la voix de Jodie, laquelle fonçait sur eux comme une division de panzers. Aussitôt, Nicolas retira sa main de celle de Jess. Jess se sentit coupable.

— Les bouteilles sont fraîches ? demanda Jodie en plongeant entre eux.

— Oui, dit Jess en se redressant.

Elle ne pouvait pas rester une minute de plus. Elle risquait de frapper Jodie et, dans la mesure où c'était sa tante qui leur prêtait le pré, ce serait un geste déplacé.

— Je vais ranger mes affaires, déclara Jess.

Elle partit dans le pré. Elle avait encore les mains humides. Humides d'avoir joué dans l'eau glacée, mais aussi du souvenir des doigts si doux de Nicolas. Elle avait tenu la main d'un tombeur ! Mais est-ce que sous l'eau, ça comptait aussi ?

Le feu de camp flambait, et il aurait dû paraître accueillant. Marie-Louise était en train de faire griller des saucisses, Édouard jouait avec son nouveau scarabée, et Flora admirait les flammes d'un air romantique. Mais une partie de Jess se trouvait toujours près du ruisseau, à tenir la main de Nicolas sous l'eau. Il s'était passé tant de choses en quelques minutes. Le monde avait été bouleversé.

— Tu as envoyé ton sms à ton père ? demanda Flora.

Un instant, Jess la regarda sans comprendre. Le sms à son père lui paraissait à des siècles de là.

— Ouais. Son vernissage commence dans deux heures, dit Jess en reprenant ses esprits.

— Oh, j'espère que ça va bien se passer, dit Flora. Tu dois beaucoup penser à lui.

— Hum, fit Jess.

Penser à son père ? Certainement pas. Elle était à peine capable de faire des réponses cohérentes à Flora. Elle ne pensait qu'à Nicolas et à Jodie qui revenaient du ruisseau. Elle les observait du coin de l'œil. Son cœur battait la chamade. Allait-elle rougir quand il la regarderait ? Se trahirait-elle ? Elle s'assit près de Flora et joua avec ses chaussures pour ne pas lever les yeux quand Jodie et Nicolas arriveraient.

— Envoie-lui toute mon affection, dit Flora.

Un instant, le cerveau de Jess refusa de comprendre. Elle regarda Flora d'un air ahuri. Qui ? Quoi ? Qu'est-ce qu'elle disait ? Était-ce en rapport avec Nicolas ?

— Hein?

— Je disais, envoie-lui toute mon affection et dis-lui que j'espère que son expo va bien se passer, dit Flora. (Elle était si gentille que ça en devenait pénible.) La prochaine fois que tu lui envoies un sms ou que tu l'appelles.

— Salut, bande de débiles!

Jodie était là, et la gentillesse n'était plus qu'un lointain souvenir.

— Levez-vous pour le roi et la reine du camp!

Jess ne regardait que le feu. Si jamais elle croisait le regard de Nicolas, elle allait défaillir.

— Si tu cherches une reine, dit Fred, qui sortit de la tente des garçons avec un livre à la main, je suis ton homme. Trouve-moi une paire de talons aiguilles dorés, et je serai ta blonde.

Il prit la pose et fit la moue. Tout le monde éclata de rire.

Marie-Louise se tourna vers Jess et lui fit un sourire.

— Ton Fred est vraiment merveilleux! dit-elle.

La panique envahit la gorge de Jess. Il ne pouvait plus être «son» Fred. Ce serait une catastrophe. Si tout le monde pensait qu'elle était encore avec Fred, quelles étaient ses chances de sortir avec Nicolas? Jess était paniquée. Comment allait-elle se débrouiller avec tout ça?

— Femme! cria Fred comme s'il était ivre. Pousse-toi! J'arrive! J'ai à discuter de la facture de gaz avec toi!

Il s'assit près d'elle et, dans une parodie d'affection, passa son bras autour de ses épaules.

— Vous savez, on fête notre anniversaire de mariage la semaine prochaine, dit-il à Marie-Louise, qui gloussa. Noces de quoi, femme ? Pas d'or ni d'argent. De papier ? Oui ! J'ai une idée ! Je vais t'offrir un rouleau de papier hygiénique comme cadeau !

— Dégage, Fred ! lâcha Jess.

Ce stupide petit jeu ne pouvait pas tomber à un pire moment. Jess devait se disputer avec lui sur-le-champ. En public. Comme elle était vraiment furieuse contre Fred, elle n'aurait pas de mal à être convaincante. Elle espérait juste qu'il comprendrait et qu'il accepterait. Avec Fred, on ne savait jamais.

23

Jess se leva en repoussant le bras de Fred, qui eut l'air étonné. Elle savait que Nicolas la regardait. Elle savait aussi que son profil droit était le moins avantageux, et que la colère n'était jamais bonne pour le sex-appeal.

— Laisse-moi tranquille! se fâcha-t-elle.

— Qu'est-ce qui te prend, femme? demanda Fred en faisant mine d'avoir peur. Qu'est-ce que j'ai fait? J'ai laissé mes chaussettes sales traîner par terre?

— Arrête de me traiter comme ça! cria Jess. C'est ridicule! Ça date d'un autre siècle! Viens ici! Je dois te parler!

Jess courut vers un arbre, Fred se leva et la suivit. En haussant les épaules, comme si Jess était prise de folie. Ce qui, bien sûr, était le cas. La folie de l'amour…

— Alors? demanda Fred en arrivant sous l'arbre, dont le feuillage leur procurait un peu d'intimité. Qu'est-ce qui se passe?

— On se dispute et on se sépare, souffla Jess.

– Tout simplement ? Comme ça ? bafouilla Fred. Et pourquoi ? Et comment ?

– Je ne sais pas, débrouille-toi. Tu es tellement doué pour la comédie que tu peux improviser.

– Attends une seconde ! Et pourquoi on doit faire ça ? demanda Fred.

– Je t'expliquerai plus tard.

– Quel est le motif de notre séparation ?

– Fred, je t'en supplie ! rugit Jess, dans un cri qui ne pouvait être que convaincant. Parce que tu m'as trompée.

– C'est un mensonge ! hurla Fred. C'est toi qui m'as trompée. Avec ce Norman !

– Norman ! cria Jess. Mais c'est le jardinier de ma mère ! Il a quarante ans ! Et il ne se lave jamais ! C'est une insulte ! Tu ne t'en sortiras pas avec cette pirouette, Fred Parsons ! C'est fini depuis que j'ai tout découvert sur toi et cette Gloria !

– Mais je lui enlevais juste une poussière dans l'œil ! protesta Fred.

Il souriait, tellement il trouvait ça drôle.

– Arrête de sourire, fais comme si c'était vrai, souffla Jess. (Puis très fort.) C'est un mensonge ! Tu es un salaud !

– Un salaud ! explosa Fred. Et toi, alors ? Tout ce qui porte culotte ! Peu importe Norman ! Et Cyril ? Et Hannibal ? Et Sam ? Et, et… Adam ? Ouh là, souffla Fred. Je suis un peu à court de prénoms, je me mets à taper dans la Bible !

Jess était hallucinée que Fred la fasse passer pour une traînée.

— Ne m'adresse plus la parole, dit-elle, cette fois réellement en colère. J'en ai marre de tes mensonges ! On en reste là ! Sinon, on va gâcher la soirée de tout le monde !

Fred haussa les épaules et secoua la tête.

Jess partit rejoindre les autres. Elle croisa le regard de Flora. Qui avait l'air gênée, amusée et aussi dangereusement prête à partir dans un fou rire. Bien sûr, elle savait que tout ça n'était qu'une mascarade. C'étaient les Français, Nicolas surtout, qu'il fallait convaincre. Marie-Louise lui lança un regard compatissant. Elle semblait au bord des larmes.

— Je suis *très* désolée, Jess, souffla-t-elle en l'attrapant par le bras.

Jess essaya d'avoir l'air attristée et fit un signe de tête.

— Ne t'inquiète pas, dit-elle. J'ai décidé de rompre avec Fred depuis que j'ai appris qu'il sortait avec…

Pendant un terrible instant, elle oublia le nom de la maîtresse imaginaire de Fred.

— Gloria, la secourut Flora.

— J'ai du mal à prononcer ce prénom sans fondre en larmes, dit Jess les dents serrées.

— C'est affreux, dit Marie-Louise en caressant le bras de Jess avec sympathie.

Elle était vraiment adorable.

— Bon, fit Jess en prenant une grande bouffée d'air et en regardant tout le monde sauf Nicolas. Maintenant que c'est réglé, amusons-nous !

— Et si on faisait des mimes ? suggéra Flora.

— Bonne idée, je viens de m'entraîner, murmura Jess.

— Viens, Fred, appela Flora. On fait des mimes ! Tu es le champion !

Fred quitta l'arbre et s'approcha du feu.

— Bon, alors comme ça, on divorce ? demandat-il à Jess. OK. Tu peux garder le chat. Je prends le piano à queue et la Ferrari. Tope là.

Jess lui tapa dans la main. Pour une fois, elle était sans voix. Et elle était reconnaissante à Fred d'avoir su tourner toute l'affaire à la plaisanterie.

— C'est toi qui commences, Fred, dit Flora.

Elle était toujours pleine de tact. Elle aurait apaisé n'importe qui. Même si dans ce cas, depuis le début, ni Jess ni Fred n'étaient sérieux.

— D'accord, dit Fred, en faisant quelques pas d'une démarche absurde.

Il fit semblant de gratter une guitare et secoua la tête comme un possédé.

— Un hard rockeur ! cria Jodie. Facile. Recommence !

Elle était vraiment dirigiste. Nicolas était obligé de rester près d'elle. Des fois, il devait en avoir marre. Jodie était vraiment exigeante.

Fred se mit à tituber, fit mine de s'étouffer,

tira la langue. Tout le monde se mit à rire. Même les Français. Fred était vraiment drôle.

— De l'eau ! De l'eau ! s'étouffa-t-il en tombant à genoux. Du Perrier ou de l'Évian, n'importe quoi ! Ah !

Il fit quelques mètres sur les genoux, les yeux exorbités. Puis il se mit à boire dans une flaque imaginaire.

— J'aurais préféré du Pepsi, dit-il, mais comme cet endroit est juste un peu boueux, ça fera l'affaire.

— J'ai trouvé ! Oasis ! cria Jess, dans un flash d'illumination.

Tout le monde applaudit, et Fred s'étala sur l'herbe. Le feu le séparait de Jess.

— À ton tour, Jess ! cria Jodie.

Jess se leva, mal à l'aise. Elle n'avait même pas osé lancer un regard à Nicolas et maintenant, elle devait improviser devant tout le monde. Elle décida d'imiter le chat atomique. Elle tomba à quatre pattes et se mit à miauler.

— Un chat ! fit Flora.

— Un chat ? répéta Nicolas sans comprendre.

Le moment était venu d'exploser.

Jess rugit. Sans doute pas de la manière la plus séduisante. Elle aurait dû choisir un mime plus digne.

Pendant ces courts instants, elle croisa le regard de Nicolas. Il lui souriait et ses yeux luisaient étrangement.

— Encore ! cria-t-il.

Jodie lui lança un regard furieux.

— C'est le chat atomique, déclara Flora.

Jess était soulagée de ne pas avoir à recommencer. Elle aurait risqué de postillonner dans l'œil de Nicolas ou quelque chose comme ça.

— Je *croye* que les saucisses sont cuites ! lança Marie-Louise.

Les haricots produisaient un *glou glou* agréable.

— C'est l'heure du dîner ! annonça Jodie. On continuera les mimes après.

Elle devenait vraiment énervante, avec ses ordres. Jess jeta un coup d'œil en douce à Nicolas et, à sa grande surprise, contrairement aux autres, il ne regardait pas le feu. Il la regardait, elle, et il paraissait magnétisé. Tout à coup, Jess perdit tout appétit. Était-ce ça, l'amour ? Nicolas la regardait comme un délicieux gâteau au chocolat. Un gâteau qu'il avait envie de croquer.

Qu'allait-il se passer après le dîner ? Comment réussiraient-ils à trouver un moment en tête à tête ? Jess ne rêvait plus qu'à une chose : un *french kiss*.

24

Le dîner fut excellent : pommes de terre sous la cendre, haricots en sauce et saucisses grillées. Les pommes de terre avaient été précuites dans le four de la tante de Jodie, ce qui était un peu de la triche, mais quelle importance ? C'était délicieux. Pourtant, Jess avait du mal à manger. En règle générale, son appétit ne lui faisait jamais défaut mais, cette fois, elle devait lutter pour avaler la moindre bouchée. Une ou deux fois, elle lança à Nicolas un regard à la dérobée.

La première, il était en train de manger la peau de sa pomme de terre. Un bout dépassait de sa bouche et il avait du ketchup sur le menton, mais Jess ne l'en trouva que plus séduisant. La seconde, elle croisa son regard, et il y eut un courant si fort entre eux que Jess eut peur que son attache de soutien-gorge craque et que ses boucles d'oreilles tombent.

Ils rapportèrent la vaisselle dans la maison de la tante de Jodie. Mrs Bradshaw se tenait dans un petit bureau près de la cuisine devant une énorme pile de papiers.

— Retirez vos chaussures! cria-t-elle dès qu'ils ouvrirent la porte.

Un vieux chien de berger dormait dans un panier près du four. Il agitait paresseusement la queue et aboyait dès que quelqu'un approchait.

— C'est Betsy, expliqua Jodie. Elle est à la retraite.

— Si j'étais un chien à la retraite, je ne prendrais même pas la peine d'aboyer, déclara Jess.

Marie-Louise et Édouard firent la vaisselle. Jodie avait organisé un roulement. C'était elle qui s'occuperait des corvées du lendemain avec, devinez qui? Nicolas. Ça en devenait pathétique.

Cela dit, Jess comprenait pourquoi Jodie était folle de lui. Dès que Jess entendait son nom ou l'apercevait, tout son corps explosait de bonheur. C'était si bizarre.

— Bon, fit Jodie quand ils se retrouvèrent autour du feu après avoir terminé les corvées. Et maintenant? J'ai une idée! Qu'est-ce que vous dites de sardines!

— De sardines? Mais on vient de dîner, protesta faiblement Jess.

— Non, c'est un jeu, dit Jodie. J'y jouais quand j'étais petite. Quelqu'un va se cacher, et les autres le cherchent.

— Quelle est la différence avec une partie de cache-cache? demanda Flora.

— C'est le contraire. Dans le jeu de cache-cache,

une personne se cache et le premier qui l'a trouvée gagne, mais dans le jeu de la sardine, tout le monde cherche celui qui s'est caché, et le premier qui trouve se cache aussi, et ainsi de suite jusqu'à ce qu'il n'en reste plus qu'un.

— C'est très *mourant*! dit Marie-Louise en tapant dans ses mains.

Elle expliqua le jeu à Édouard, puis ils tirèrent à la courte paille pour savoir qui partirait se cacher en premier. C'étaient de vraies pailles : l'avantage d'être dans une ferme. Nicolas tira la courte paille, c'était donc à lui de se cacher. Jodie se serait-elle débrouillée pour qu'il en soit ainsi, puisque c'était elle qui les tenait? Très certainement.

— Bon, Nicolas, va te cacher, déclara Jodie.

Nicolas haussa les épaules et eut l'air désemparé, mais coopérant.

— Bof. Et où? demanda-t-il en regardant autour de lui.

— N'importe où! lança Jodie. Dans un pré, dans une grange, dans les bois. Où tu veux. Mon oncle a cent cinquante acres, dit-elle d'un ton prétentieux. On attend dix minutes, et ensuite, on part te chercher! On va tous se mettre dans la tente des filles pour que personne ne sache où tu vas.

Jodie les fit tous entrer dans la tente comme un chien de berger et descendit la fermeture à glissière.

– Fred ! dit-elle. C'est toi qui chronomètres. Dix minutes, c'est bon ?

– Pourquoi moi ? protesta-t-il. Je suis épuisé !

Il s'affala sur le sac de couchage de Jess et ferma les yeux. Tout le monde s'assit. Édouard éternua. Marie-Louise se curait les ongles et babillait sur la « magnifique campagne anglaise ». Flora passa de la crème antimoustique sur ses bras parfaits. Jess changea de sonnerie de téléphone. On aurait dit un orchestre de samba coincé dans une machine à laver.

– Bon ! annonça Fred. Le temps est écoulé !

Par précaution, Jess rangea son téléphone sous son oreiller et ils sortirent tous de la tente. Ils hésitèrent. Il y avait tant de directions possibles : les prés, les bois et des granges à perte de vue. Jess était incapable de réfléchir. Dans quelques minutes, elle serait sans doute blottie dans les bras de Nicolas au milieu d'un divin bosquet.

– Éparpillez-vous, éparpillez-vous ! cria Jodie en partant dans le pré vers la maison et les granges. (On aurait dit un capitaine de gendarmerie.) Séparez-vous !

Jess fila vers le ruisseau. Elle était certaine que Nicolas était parti dans cette direction. Car c'est là qu'ils avaient noué leurs doigts dans la boue. Cet endroit était déjà sacré pour elle. Elle allait faire poser une plaque sur un arbre : ICI JESS JORDAN EST TOMBÉE À JAMAIS SOUS LE CHARME DE NICOLAS

Jess atteignit le lieu sacré, attrapa la corde et franchit le ruisseau. De l'autre côté, la rive était abrupte et pleine de pierres, mais elle menait à un petit bois.

Jess était certaine que Nicolas l'y attendait les bras ouverts. Elle escalada la rive et se mit à transpirer de façon inélégante. Peu importait. Nicolas serait en sueur, lui aussi. Et alors ? Elle mettrait sa sueur en bouteille et la vendrait aux autres filles. Elle atteignit le haut du rebord, s'arrêta, inspecta ses aisselles puis entra dans les bois. Le sous-bois était épais et les ronces tiraient sur ses vêtements et ses cheveux. D'abord, on aurait dit un endroit magique.

— Laissez-moi tranquilles, espèce de plantes en rut ! gloussa-t-elle. Nous ne sommes pas faites les unes pour les autres. Vous êtes de l'espèce végétale, et moi animale. Ça ne marchera jamais entre nous. De toute façon, je ne veux pas bourgeonner avant d'avoir fait carrière !

Mais au bout de dix minutes, les recherches devinrent fatigantes. Jess était hors d'haleine, en sueur et énervée. Elle s'arrêta pour tendre l'oreille. Les oiseaux chantaient dans les arbres, mais il n'y avait aucun signe de Nicolas. Peut-être que s'il était allé dans cette direction, il aurait laissé des traces de son passage. Une empreinte française dans la boue ou des petits cailloux menant à sa cachette. Mais non.

Jess s'arrêta. Elle commençait à se maudire.

Elle ne trouverait jamais Nicolas. En fait, ce serait même un miracle si elle trouvait le chemin du retour.

Nicolas, cet idiot ! Pourquoi n'était-il pas venu se cacher là ? Il aurait pu en être à son vingtième baiser, maintenant. Jess erra dans les bois pendant une dizaine de minutes.

Tout à coup, elle vit un buisson bouger. Elle se figea sur place. Aurait-elle rêvé ? Elle regarda avec attention. Non, le buisson s'agitait bel et bien. Il y avait quelque chose derrière. Jess se crispa. Peut-être que c'était Nicolas. Mais ça pouvait aussi être un renard, un blaireau, un cerf… Jess se prépara à l'idée d'être mordue. De préférence d'amour, par Nicolas.

– Ouh ouh, appela-t-elle. Je te vois !

Le buisson s'agita un peu. Il y eut une réponse :

– Ouh ouh !

Qui semblait française. Le cœur de Jess bondit d'excitation.

– Nicolas ? demanda-t-elle. C'est toi ?

Le buisson s'agita violemment. Quelqu'un apparut dans un mouvement de branches. Catastrophe ! C'était Édouard.

25

— Édouard, s'écria Jess en essayant de cacher sa déception. Qu'est-ce que tu fais ? Tu devrais être en train de chercher Nicolas !

Édouard fronça les sourcils d'un air ahuri.

— C'est pas grave, c'est pas grave, fit rapidement Jess.

Ce n'était pas de sa faute s'il n'avait pas compris la règle du jeu. Ce n'était pas de sa faute si elle était allée droit sur sa cachette. Ce n'était pas de sa faute s'il ne comprenait pas l'anglais. Rien n'était de sa faute. Mais elle avait quand même envie de l'assassiner. La vie était injuste, parfois.

— *Perdu**, dit Édouard.

Jess mit un doigt devant sa bouche.

— Chut, fit-elle et elle réussit à produire un sourire totalement artificiel.

Allez savoir ce que *perdu** voulait dire… Mais pourquoi se sentait-il obligé de parler ? Il ne se rendait pas compte que l'heure était grave ? Ils étaient égarés dans les bois, alors il n'y avait pas de temps pour jouer à *perdu**.

Jess baissa les bras comme un pantin. Inutile de chercher Nicolas. Il n'était pas par là. Ils se trouvaient à des kilomètres du feu de camp. Peut-être même dans un autre comté. Peut-être même dans un autre pays. Au pays de Galles, par exemple. Et même s'ils trouvaient Nicolas, les chances de Jess d'avoir un *french kiss* étaient réduites à zéro, maintenant qu'elle avait Édouard dans les pattes en train de parler une langue inconnue.

Il n'y avait qu'une solution. Ils devaient partir à la recherche du camp et regagner les tentes avant la tombée de la nuit et l'apparition des loups-garous.

Jess partit dans la direction qu'elle espérait être la bonne. Au bout d'un moment, le sol s'inclina. Il menait certainement au ruisseau. Jess détestait la nature, désormais. Elle aurait tant aimé que la végétation soit remplacée par des trottoirs bien lisses, des pizzerias et, surtout, un bus.

Elle aurait dû être réconfortée de se trouver en compagnie d'Édouard, mais c'était tout le contraire. Elle lui en voulait d'être coincée seule avec lui. S'ils avaient été à la maison, il aurait pu filer dans sa chambre pendant qu'elle regardait la télé.

Pour finir, ils atteignirent l'orée du bois, et Jess aperçut le ruisseau. Mais ils n'étaient pas à l'endroit où Nicolas et elle s'étaient tenus

179

par la main. De l'autre côté, se dressait un pré inconnu. Mon Dieu ! Elle n'avait aucun sens de l'orientation !

— Le ruisseau, dit-elle, regrettant bien vite d'avoir parlé.

Édouard lâcha aussitôt un raz-de-marée de français. Cela ressemblait à *Onatrouvélarivière maisonnepeutpastraverserlà*. Ce n'était même plus du français. C'était de l'elfique.

— Je n'aurais pas mieux dit, fit Jess.

Elle aimait surtout le son « Peupa », et elle décida de baptiser un jour son chat comme ça. Mais ils devaient d'abord regagner la civilisation, histoire d'éviter l'hypothermie. Or, pour sortir des bois et descendre au ruisseau, il fallait franchir une haie pleine d'épines et enjamber des barbelés rouillés.

Jess prit une grande bouffée d'air et s'avança dans la végétation. Après plusieurs égratignures, elle atteignit les barbelés, mais elle était d'une humeur de chien. Tout à coup, Édouard prit l'initiative.

— *Jevaistetenirçapourt'aideràpasser*, dit-il.

— Je n'ai rien à opposer à ça, répondit Jess.

Édouard attrapa l'un des barbelés et le souleva, plaça son petit pied droit sur l'autre et le plaqua au sol. Jess put s'engouffrer dans la brèche. « Mais il est utile, en fait », pensa-t-elle.

Peut-être qu'elle avait bien fait de ne pas le tuer un peu plus tôt. Elle tint à son tour le fil de fer, mais allez savoir pourquoi, le barbelé se jeta sur elle et s'accrocha à sa manche.

— Aïe ! cria Jess.

— *Merde** ! fit Édouard.

Il la libéra avec des gestes prudents. Elle remonta sa manche pour examiner son bras. Le barbelé rouillé lui avait fait une petite blessure. Jess saignait.

Tout à coup, Édouard lui attrapa le bras et suça la blessure, puis cracha dessus. Jess était ahurie. C'était un vampire ou quoi ? Puis il lâcha son bras et, de la poche de son jean, sortit un mouchoir étrangement immaculé. Il l'attacha autour de son bras sans la regarder, et sans dire un mot.

— *Onnepeutpaslaisserçaàl'air*, déclara-t-il, avec une certaine assurance.

Jess ne comprit pas un mot. Mais c'était évident qu'il l'avait, à sa manière hobbit, sauvée d'une mort par empoisonnement du sang. Elle se sentit profondément touchée. Tant qu'il n'exigeait pas de passer un après-midi à jouer au docteur en guise de récompense…

Ils descendirent jusqu'au ruisseau. Qui semblait plus profond et plus dangereux qu'à l'endroit où ils l'avaient traversé à l'aller. Jess bouillait de rage. Mais comment s'était-elle mise dans une situation pareille ? Pourquoi n'était-elle pas restée autour du feu de camp à faire des blagues et à se la couler douce ?

De qui venait cette idée stupide ? De Jodie, bien sûr. De toute évidence, elle avait voulu trouver Nicolas la première. La salope ! « Désolée, Dieu, pensa Jess, mais parfois, il faut aussi être honnête. »

Ils observèrent le ruisseau. Il n'y avait pas de corde pour le franchir. Ni de pierres. Ils allaient devoir patauger. Jess se dit que le camp ne pouvait pas être bien loin, puisqu'elle sentait l'odeur du feu. À moins que quelqu'un d'autre soit en train de camper. La réunion annuelle des tueurs en série ? Ce serait bien leur veine.

Elle s'assit et retira ses chaussures en pestant. Aucune importance. De toute façon, Édouard ne comprenait pas. Il s'assit à son tour et retira ses chaussures et ses chaussettes. Jess arracha ses chaussettes et s'avança avec précaution jusqu'à l'eau. Sans un regard à Édouard. Elle refusait de discuter. En elfique, en tout cas.

Elle plongea un orteil. C'était glacé ! Son pied faillit se détacher sous le choc. Et pourtant, elle n'avait pas le choix : c'était le seul moyen de rentrer. Jess posa le pied sur une pierre pointue, perdit l'équilibre et tomba dans l'eau en criant.

« Mon Dieu, pensa-t-elle. Je vais me noyer et je n'ai même pas réussi à crier correctement. Pire que tout, Édouard me regarde, or je ne dois pas être au mieux de mon image. » De toutes les façons de mourir, celle qui effrayait le plus

Jess était la noyade. Jusque-là, elle avait espéré mourir quatre-vingt-dix ans plus tard à Hollywood dans un lit à baldaquin, entourée de jeunes et beaux garçons en livrée blanche.

Et voilà qu'elle allait débouler dans l'au-delà trempée, couverte de bave de crapaud et couronnée de limon.

26

Elle sentit une main attraper la sienne. La main était petite, mais forte. Édouard avait volé à son secours. Encore une fois. En se relevant, Jess se rendit compte que l'eau ne lui arrivait qu'aux genoux. Mais dans sa chute, elle avait lâché ses chaussures et ses chaussettes, et l'une d'elles, roulée en boule, dériva joyeusement dans le courant avant de disparaître dans un méandre.

Jess récupéra sa seconde chaussette et ses chaussures, se traîna jusqu'à la rive et se hissa en s'accrochant à Édouard. Elle était trempée et tremblait de froid. Elle dégoulinait de la tête aux pieds, et elle avait des coupures sur ses pieds boueux. La nature lui avait montré toute sa haine. Jess ne quitterait plus jamais les villes.

Elle s'assit sur la rive, tellement furieuse qu'elle n'avait même plus envie de crier. Édouard lui proposa ses chaussettes. Elle leva les yeux. Il ne souriait pas. C'était une véritable proposition.

— Prends, dit-il d'un ton ferme.

Jess osa à peine désobéir. Depuis qu'ils s'étaient perdus, Édouard avait acquis une certaine autorité sur elle.

– Prends, répéta-t-il en la forçant à saisir ses chaussettes.

Jess fit un petit sourire et les enfila. Il essayait de veiller sur elle. Que Dieu bénisse ses petites chaussettes en coton.

Édouard remit ses baskets et Jess fit ses lacets. Bon, se dit-elle. «Maintenant, au moins, ça ne peut pas être pire.» Ils se levèrent et se préparèrent à remonter le pré. Et, tout à coup, ils virent les animaux. Un troupeau de bétail était apparu devant eux, et les bêtes les dévisageaient.

Elles étaient à une cinquantaine de mètres. Peut-être qu'il y avait un taureau! Peut-être que ce n'était que des taureaux! Le cœur de Jess remonta dans sa gorge comme une fusée et fit une brève apparition dans sa bouche, aussi palpitant qu'un alien dans un film de science-fiction. Elle le ravala. Le goût était atroce.

Si Jess savait qu'il ne fallait surtout pas montrer sa peur, d'un autre côté, elle craignait de se soulager dans son pantalon. Il y avait une haie à une centaine de mètres. Jess sentait la fumée du feu de camp dans cette direction. Elle se moquait bien de la garden-party annuelle des tueurs en série, désormais. Elle préférait ça à être étripée par un troupeau de vaches folles.

Jess partit dans une course effrénée vers la

haie. Elle ne voulait pas trébucher, mais il y avait plein de pierres sur le sol, de grosses touffes d'herbe, et des bouses de vache qui luisaient dans la nuit tombante. Jess entendit le troupeau se rapprocher dans son dos.

Elle savait qu'elle avait abandonné Édouard. Peut-être que c'était lui qui allait se faire étriper ! Il fallait qu'elle s'arrête pour voir où il était. Elle essaya de regarder par-dessus son épaule sans cesser de courir. Ce qui n'était pas une bonne idée. Elle vit Édouard entouré par les bêtes, mais toujours sur pied. À cet instant, elle buta sur une pierre et s'étala de tout son long dans une bouse géante.

Ça aurait pu être pire. Elle aurait pu tomber dedans tête la première. Elle avait juste de la bouse plein son T-shirt et son jean. Jess se releva et courut aussi vite que possible jusqu'à la haie. Mais celle-ci était impossible à franchir : elle était renforcée par du barbelé.

Correspondant français étripé pendant week-end en camping. Funérailles bilingues, télégraphiait la prof de français. Peut-être que la noyade aurait été une mort plus digne, en fait.

Hors d'haleine, Jess se retourna pour affronter son destin. Le troupeau la suivait toujours, mais Édouard était face aux bêtes. Tout à coup, il poussa un cri aigu et agita les bras en parlant français comme s'il était possédé par le diable.

Les bêtes n'eurent pas l'air d'apprécier. Elles

firent halte, se retournèrent et détalèrent dans un bruit de sabots. Jess poussa un grand soupir. Elle était soulagée. C'était la troisième fois qu'Édouard la sauvait.

Bon, d'accord, elle était courbaturée, contusionnée, blessée et ensanglantée. Elle était aussi trempée, elle avait perdu une chaussette, ses vêtements dégoulinaient et elle était couverte de bouse de vache. Mais ce n'était rien comparé au fait d'être poursuivie par un troupeau d'animaux sauvages. Jess décida de renoncer à jamais à son fantasme d'être poursuivie par toute l'équipe de foot du lycée.

Édouard la rejoignit. Il semblait juste un peu essoufflé. Jess lui fit ce qu'elle espérait être un sourire reconnaissant.

– Merci, dit-elle. Honnêtement, j'ai une sainte terreur d'être étripée par un troupeau de vaches folles. C'est idiot, je sais, mais c'est plus fort que moi.

Elle haussa les épaules dans ce qu'elle espérait être un geste amical.

– *J'aipassédesvacancesàlacampagne**, dit-il.

Heureusement, cette affirmation semblait n'appeler aucune réponse. Jess se contenta de hocher la tête, et, pour essayer de montrer sa gratitude, lui fit le V de la victoire. Lui aussi, et pour la première fois depuis qu'ils s'étaient rencontrés, ils échangèrent un véritable sourire.

« Je n'irais pas jusqu'à appeler ça de l'amour,

pensa Jess avec un gloussement, mais il semble que nous avons dépassé le stade de la haine assassine. »

Ils remontèrent la colline qui longeait la haie. Ils finiraient bien par trouver une barrière, quand même ! Comment ce bétail était-il arrivé là ? Par hélicoptère ? Il y avait peu de chance, à moins que les méthodes des fermiers aient radicalement changé.

Pour finir, ils atteignirent une barrière et l'escaladèrent sans encombre. La chance aurait-elle tourné ? Oui ! Ouf, le feu de camp était en vue. Jess aperçut des silhouettes autour de ses flammes accueillantes.

Les autres aperçurent Jess et Édouard et se moquèrent d'eux en prétendant qu'ils avaient voulu trouver un moyen pour passer un moment en tête à tête.

Jess fit mine de ne pas comprendre et se contenta de boiter vers le feu. Nicolas allait voir la bouse de vache et ses blessures mais, honnêtement, elle s'en moquait.

— J'adore ton nouveau look ! cria Fred d'une voix efféminée alors qu'elle approchait. Mon Dieu ! Ça a dû te coûter une fortune ! Mais ça te va très bien.

— Mon Dieu ! s'écria Marie-Louise. Pauvre Jess ! Tu es toute sale !

Elle se leva et commença à s'agiter dans tous les sens. Jodie avait l'air furieux.

— Vous avez vu Nicolas et Flora ? s'enquit-elle.

Nicolas et Flora ? Une idée terrible traversa l'esprit de Jess.

— Ils ne sont pas revenus ? demanda-t-elle en scrutant la pénombre.

En effet, il n'y avait là que Jodie, Marie-Louise et Fred.

— Tu le vois bien, non ? râla Jodie. Personne n'a réussi à trouver Nicolas, alors pour finir, on est tous revenus, sauf Flora. C'est sans doute elle qui a découvert sa cachette. S'ils ne reviennent pas très vite, il va faire nuit. Ton téléphone a sonné deux fois. Peut-être qu'elle t'a envoyé un sms.

Jess fila sous la tente, attrapa son téléphone et lut ses messages. Le premier était de sa mère, qui lui demandait si elle n'avait pas trop froid. Le second était en effet de Flora.

SALUT BEAUTE TROUVE NICO MAIS ON C PERDU. PAS DE PB. ON PREND LE T AVEC UNE VIEILLE DAME L DIT QU L VA NOUS PRETER UNE LAMPE TORCHE. G PLEIN DE TRUCS A TE RACONTER ! LOVE FLO

Jess retourna au feu de camp et leur fit part du message de Flora. Jodie faillit exploser de rage.

— Perdus ? lâcha-t-elle. Ils se sont perdus ? Mais ils n'étaient pas censés être ensemble ! Ça, c'est tout à fait Flora ! Cette fille est une vraie cruche !

Il y eut un bref silence gêné. Tout le monde

pensait la même chose, mais personne n'osait le dire tout fort. Même Fred resta silencieux.

— Pauvre Jess est vraiment sale. Tu crois qu'elle pourrait prendre un bain chez ta tante, Jodie ? demanda Marie-Louise.

— Bien sûr, fit Jodie en haussant les épaules. Viens.

Jess suivit Jodie dans le pré en direction de la maison. Les lumières étaient allumées, et les fenêtres luisaient dans la pénombre. Elles avaient la couleur du jus d'orange. Mais dans le cœur de Jess, il n'y avait pas la moindre lumière, juste des ténèbres. La journée aurait-elle pu être pire ? Elle en doutait.

27

En prenant sa douche, Jess avait le cerveau qui tournait à toute allure. Pourquoi Flora et Nicolas étaient-ils partis se promener ensemble ? Il n'y avait qu'une seule explication possible. La fin du sms de Flora semblait confirmer ses craintes : G PLEIN DE TRUCS A TE RACONTER ! Jess essaya de s'imaginer traversant les bois avec Nicolas, main dans la main… Car c'était la main de Jess qu'il tenait quelques heures plus tôt ! Elle n'avait pas rêvé, quand même ! Cela n'avait donc aucune importance pour lui ?

Jess ressurgit lavée et vêtue de propre. L'oncle de Jodie était rentré, et sa femme préparait à dîner. Depuis son panier, Betsy leva la tête et agita la queue d'un air paresseux. Ce chien était une vraie larve. Un instant, Jess rêva de la rejoindre dans son panier. L'endroit semblait confortable, bien au chaud dans la cuisine de la ferme. Mais Jess devait regagner la nature hostile et affronter ses pires cauchemars.

— J'étendrai ta lessive dans la buanderie quand

elle sera terminée, Jess, dit Mrs Bradshaw. Et tu devrais prendre l'une des lampes près de la porte. Fais attention où tu mets les pieds.

Jess la remercia, prit une torche et partit dans la nuit. Sur le chemin du retour, elle aperçut une autre lampe qui s'agitait vers elle. C'était Fred.

— Je vais aux toilettes, annonça-t-il. Les deux zozos sont revenus. Mais leur disparition reste un grand mystère. Jodie montre les dents. On est en plein conte gothique. D'ici à demain matin, il se peut qu'on me contraigne à te couper les pieds.

— Ne te gêne pas, fit Jess. De toute façon, je n'aime pas mes pieds. Je préférerais avoir des roulettes.

— Au fait, il y a un autre mystère, fit Fred. Notre divorce. Même si c'était une scène géniale, c'est sorti de nulle part. Était-ce pour finalement avoir tes chances avec le garçon qui tient dans une boîte d'allumettes ?

Jess refusait de révéler qu'elle avait espéré sortir avec Nicolas. Cela paraissait tellement ridicule, désormais...

— J'en avais marre d'être ta femme, c'est tout, déclara-t-elle. Je ne supporte pas ta façon de ranger la vaisselle dans les placards. Et ce bruit de succion que tu fais en tirant sur ta pipe... ça me donne la nausée. En plus, tes chaussons puent.

– Je veux bien l'admettre, dit Fred. Il ne me reste plus qu'à me retirer dans un monastère. Génial ! J'attendais ça avec impatience.

– Quant à Édouard… conclut Jess. On est toujours aussi étrangers l'un à l'autre. Il m'a sauvé la vie trois fois sur le chemin du retour, mais même quand il a planté les dents dans mon bras, j'ai vu qu'il n'y prenait aucun plaisir.

– Pour qui ça serait un plaisir ? dit Fred. Personnellement, je préférerais manger un éléphant vivant. En commençant par le derrière.

Ils échangèrent quelques coups de poing, puis reprirent chacun leur route. Jess se sentait un peu mieux. Mais l'effet ne dura que quelques secondes : aussitôt, l'anxiété fit sa réapparition. Jess allait devoir faire face à Nicolas sans croiser son regard. De toute évidence, le plus simple était de l'ignorer. De faire comme si ce merveilleux moment d'intimité sous l'eau ne s'était jamais produit.

Nicolas et Flora étaient assis côte à côte, mais pas trop près. En tout cas, ils ne se touchaient pas.

– Salut Jess ! s'écria Flora.

Sa voix était un peu aiguë. Elle avait l'air très excitée.

– On m'a dit que tu t'étais perdue et que tu étais tombée sur une bouse de vache ! Nous aussi ! Enfin, on s'est perdus, mais on a évité la bouse de vache, Dieu merci. Tu vas bien ?

— Ouais, très bien. En fait, c'était une expérience plutôt amusante, dit Jess en prenant place autour du feu.

— Tu veux un Coca, Jess ? proposa Marie-Louise.

Elle jouait à l'hôtesse, sans doute parce que Jodie boudait, enfoncée dans sa polaire jusqu'au nez, les yeux fixés sur les flammes.

— Nicolas s'est caché dans un bois derrière la maison, raconta Flora, je l'ai trouvé presque tout de suite. Alors on a attendu longtemps, mais personne n'est jamais venu. Un moment, on a cru entendre une chute d'eau. On est allés voir et on s'est perdus. Pour finir, on a atterri sur une route où il y avait une maison, et la vieille dame qui l'occupe nous a offert un thé en nous expliquant comment rentrer.

— Les vieilles dames ne sont plus ce qu'elles étaient… dit Jess, se forçant à faire une blague. Dans le temps, elle aurait enfermé Nicolas dans une cage pour l'engraisser avant de le manger, et elle t'aurait réduite en esclavage.

Jess était dégoûtée à l'idée que Flora et Nicolas aient partagé cette aventure juste après ce qui s'était passé près du ruisseau. Dire que Nicolas l'avait dévorée du regard et avait attrapé sa main sous l'eau… Jodie n'était pas la seule à avoir le cœur brisé…

Flora rit, mais d'un rire un peu nerveux. Puis il y eut un silence. Il était clair que Jodie ne dirait plus un mot de la soirée, voire de sa vie.

194

Marie-Louise mit une autre bûche dans le feu. Jess refusa de regarder en direction du beau Nicolas. Édouard jouait avec sa Game Boy. Pour finir, Fred réapparut. Le faisceau de sa lampe se balançait dans la nuit.

— Est-ce Fred Parsons ou un fantôme ? demanda Jess.

Il fallait bien que quelqu'un dise quelque chose.

— Je suis le fantôme de Fred Parsons, dit Fred en s'asseyant près du feu.

— Oh non, j'espère que cet endroit n'est pas hanté ! s'exclama Flora avec un rire nerveux. Il n'y a pas de fantômes autour de la maison de ta tante, hein, Jodie ?

C'était une jolie tentative pour arracher quelques mots à Jodie, mais cette dernière se contenta de hausser les épaules.

— Oh non ! fit Marie-Louise. Je *haïsse* ces choses-là !

— Ma grand-mère est persuadée qu'elle peut communiquer avec l'esprit de mon grand-père, dit Jess. Elle l'a même entendu parler tout fort, l'autre jour.

— Oh, comme c'est bizarre ! dit Flora. On peut éviter d'en parler ce soir ? Dans la nuit, ça me fait trop peur.

— Mon hamster est mort, dit Fred. Je me demande si je pourrais entrer en contact avec son esprit et m'excuser pour la vie abominable qu'il a eue à la maison. Il doit bien y avoir des

médiums pour animaux de compagnie, en Cali-
fornie.

— Peut-être que les médiums sont eux-mêmes
des animaux… dit Jess. Peut-être que le chien
de berger Betsy est un messager. Qu'elle reçoit
des messages des chiens de berger morts.

— Je suis désolée, Jess, dit Marie-Louise, mais
je ne comprends pas *de quoi* tu racontes.

— T'en fais pas, ma vieille, dit Jess. Moi non
plus.

Jess n'était pas très forte en reparties, tout à
coup. Elle n'arrivait pas à penser à autre chose
qu'à Nicolas. Déjà, c'était un boulot à plein-temps
que d'éviter son regard. Elle rêvait de lui voler
juste un petit coup d'œil. Oh non, ses yeux venaient
d'échapper à son contrôle et s'étaient aussitôt
tournés vers Nicolas.

Il la dévisageait. Le cœur de Jess bondit. Nicolas lui sourit. L'agrafe de son soutien-gorge cra-
qua. Il lui fit un petit haussement d'épaules,
comme pour dire que, dans la vie, on ne contrô-
lait pas tout. Elle n'était pas vraiment d'accord.
On pouvait tout de même contrôler sa vie un
peu plus qu'il ne le faisait.

— J'imagine que ça console, dit Flora. Se dire
qu'on peut encore communiquer avec quelqu'un qu'on aime, même après sa mort.

Il y eut un bref silence. Marie-Louise renifla.
La communication entre les vivants semblait
tarie, tout d'un coup.

— Bon, dit tout à coup Jodie. Je vais me coucher. Fred, tu t'occupes du feu.

Fred eut l'air ahuri.

— Éteins-le quand tout le monde ira se coucher, expliqua-t-elle.

Elle partit vers la tente et, si ça avait été possible de claquer la porte d'une tente, elle l'aurait fait. Elle dut se contenter du petit bruit de la toile et de la fermeture à glissière.

— Il faut croire que c'est l'heure des chansons, dit Fred. Malheureusement, j'ai perdu tout désir de vivre.

— Buvons un autre Coca, dit Flora. Oh, ils sont chauds ! Beurk ! Je vais mettre deux bouteilles dans le ruisseau.

Elle se leva. Nicolas la suivit.

— Je vais avec toi, dit-il en attrapant les bouteilles d'un geste chevaleresque.

Pas de doute, cette fois, leurs doigts se frôlèrent. Flora attrapa une lampe.

— On n'en a pas pour longtemps, dit-elle d'un ton un peu gêné, et ils s'éloignèrent dans le pré.

— Bon, bon ! dit Fred. C'est l'heure d'aller se coucher. Sans film de violence à regarder à la télé, il n'y a aucune raison de veiller.

Il partit vers la tente des garçons.

Édouard se redressa et lui emboîta le pas en marmonnant quelque chose, peut-être « bonne nuit ».

— Je vais me coucher aussi, Jess, dit Marie-Louise, l'air un peu inquiet. Mais Fred est parti ! Et le feu ?

Elle s'occupait vraiment de tout.

— Flora s'en chargera, dit Jess d'un ton amer. Elle adore jouer avec le feu.

Jess se sentait d'ailleurs brûlée vive par le dernier petit jeu de Flora.

Dans la tente des filles, tout était noir. Jodie était couchée, dos tourné, presque complètement enfouie dans son sac de couchage. Jess et Marie-Louise se déshabillèrent en silence et se glissèrent dans leur duvet.

Jess resta un moment les yeux ouverts. Les bruits de respiration et le craquement de la toile, le souffle du vent dans les arbres et le cri occasionnel d'un hibou auraient dû être merveilleux. Mais Jess était trop triste. Elle aurait voulu se trouver à des millions de kilomètres de là. Elle rêvait d'être chez elle. Certes, elle avait été mordue par un petit Français, mais pas au sens où elle l'entendait.

Jodie se mit à ronfler. Marie-Louise semblait dormir, elle aussi. Jess regarda l'heure sur son téléphone. Cela faisait plus d'une heure et demie que Flora et Nicolas étaient partis rafraîchir les bouteilles. Et elle n'avait pas entendu le moindre bruit signifiant qu'ils étaient revenus. Jess n'arrivait pas à dormir. Elle avait le ventre noué en imaginant Flora et Nicolas près du ruisseau. Ils étaient sans doute en train de s'embrasser sous l'eau, à l'heure qu'il était. Près d'elle, le sac de couchage vide de Flora la narguait.

Quelqu'un se glissa enfin sous la tente. C'était Flora. Jess l'entendit se déshabiller et se mettre dans son duvet. Flora s'approcha d'elle et lui souffla :

— Jess, tu dors ?

Jess s'agita et répondit :

— Je n'arrive pas à dormir.

Jodie ronflait, et Marie-Louise était couchée sur le dos, bouche ouverte. Jess et Flora pouvaient parler tranquillement. Jess tournait toujours le dos à Flora, mais Flora s'appuya sur son coude et lui murmura :

— Mon Dieu, Nico est génial ! Je suis dingue de lui ! Il dit que je suis vraiment différente de toutes les autres filles. Il dit qu'il m'a remarquée dès son arrivée en Angleterre. J'ai trop envie de tout te raconter.

— Génial, fit Jess.

Apparemment, ses pires cauchemars étaient devenus vrais, et elle devait faire comme si tout ça lui convenait très bien.

— Je ne vais jamais réussir à dormir, souffla Flora. Je suis tellement énervée.

— Garde les détails pour toi, fit Jess. Nous autres mortels avons droit à notre quota de sommeil.

Mais elle savait qu'elle non plus, elle ne réussirait pas à dormir.

— Soutiens-moi si Jodie est furieuse demain, souffla Flora.

Non seulement Jess devait encaisser la nouvelle mais, en plus, elle devait servir d'attachée de presse pour l'événement le plus important depuis les amours de Roméo et Juliette.

— OK, croassa-t-elle.

Elle allait devoir faire preuve de courage. Elle espérait qu'au moins, Dieu la regardait. Car là, pas de doute, elle allait gagner ses galons de sainte. Devait-elle prévenir Flora que Nicolas n'était qu'un dragueur ? Ou plutôt garder un silence diplomatique ? À moins qu'elle pète un câble, qu'elle se mette à hurler et gâche le week-end de tout le monde ? Cette dernière solution était très séduisante.

28

Jess se réveilla les pieds glacés. Les oiseaux chantaient dans les arbres. Marie-Louise s'habillait. Jess l'observa à la dérobée et s'aperçut que, même si les goûts de la Française en matière de vêtements étaient plutôt ringards, elle portait une lingerie incroyable. Jess referma les yeux bien fort et attendit que Marie-Louise finisse de s'habiller, puis quitte la tente. Elle n'avait pas envie de discuter, même de lingerie. Elle avait remarqué un autre détail. Le duvet de Flora était vide.

Il n'y avait qu'une seule explication. Flora n'avait pas dû beaucoup dormir, elle avait sans doute passé la nuit à penser à son *latin lover*. Alors elle s'était glissée hors de la tente à l'aube, sans doute pour le rejoindre et faire une promenade dans les bois main dans la main, histoire de profiter du chœur des oiseaux à la pointe du jour.

Pour finir, Jess réussit à s'extraire de son duvet avec l'élégance d'un hippopotame embourbé dans un marais. « Bon, pensa-t-elle, j'espère que

Flora a bien profité de sa nuit de bonheur, parce que là, elle vit ses dernières heures. » Jess avait prévu de l'assassiner juste après le petit déjeuner, voire avant, avec l'outil qui lui tomberait sous la main. Quelqu'un avait-il déjà commis un crime avec une spatule en bois ? Sinon, Jess serait la première. C'était étrange comme un beau garçon pouvait vous faire tout à coup haïr votre meilleure amie.

Jess enfila plusieurs pulls et une polaire. Les matins de printemps étaient encore frais… quand on n'avait pas d'amour pour se réchauffer. Puis elle se glissa hors de la tente, laissant Jodie dormir. Jess n'avait pas envie de la réveiller. Même en dormant, Jodie réussissait à bouder. Et ça ne s'arrêterait pas une fois qu'elle serait réveillée.

Fred et Marie-Louise s'activaient autour du feu. Il n'y avait pas trace de Nicolas ni de Flora. Édouard sortit de la tente des garçons avec un sweat-shirt à capuche. Il sourit à Jess et lui fit le V de la victoire.

— *Bonne matin*, dit-il.

— Salut Ed, lança Jess.

Ils étaient presque amis, maintenant. Mais Jess espérait bien que, sa brève aventure avec Nicolas maintenant terminée, Édouard ne se ferait pas d'idées pour autant. Il devrait se satisfaire d'un sourire amical. C'était tout ce que Jess pouvait faire pour lui. D'accord, il lui avait sucé le bras. Mais il s'agissait d'un acte médical, qui n'impliquait rien de plus.

— Bon, même si cette parole n'engage que moi, je viens de faire un feu magnifique! s'écria Fred. De toute façon, c'est juste un feu de camp, ce qui signifie qu'il n'a pas besoin d'être rose ou bleu!

— Tu veux des *zeufs* brouillés, Jess? proposa Marie-Louise (qui était vraiment adorable). Avec du *baquon* et des tomates?

— Tu penses bien! fit Jess. Vas-y, mets tout ça dans la poêle.

Marie-Louise fit un sourire ravi. Même si, en France, elle devait se contenter d'un croissant au petit déjeuner, elle avait pris goût au «petit déjeuner complet». Ce qui, pour être honnête, se voyait déjà sur ses hanches.

— Tu as croisé Flora ce matin? demanda Jess à Fred.

— Étonnamment, non. Nicolas aussi a disparu. Peut-être qu'ils ont été kidnappés par des elfes.

— Je l'espère. On n'a plus qu'à souhaiter que Flora ait été transformée en grosse truie. Elle le mérite.

— Jess, demanda Marie-Louise. S'il te plaît, tu pourrais *tailler* les tomates?

Jess et Fred aidèrent Marie-Louise à préparer un énorme petit déjeuner. Édouard partit chercher un peu de bois, espérant sans doute

203

découvrir de nouveaux scarabées. Il n'y avait toujours aucun signe de Jodie.

— Est-ce qu'on doit réveiller Jodie ? demanda Marie-Louise, le petit déjeuner étant presque prêt.

— Inutile, je pense qu'elle est morte de déception, dit Jess en lorgnant sur la poêle pleine d'œufs crémeux.

Marie-Louise était une excellente cuisinière. Elle parut un peu inquiète.

— Est-ce que Jodie... est *furieux* contre Flora ? souffla-t-elle. À cause de Nicolas ?

Jess fit un signe de tête et essaya de prendre un air insouciant. Elle avait le cœur brisé, mais elle savait qu'un copieux petit déjeuner l'aiderait à supporter la douleur.

— Laisse-la dormir, dit Jess. Si l'odeur ne l'a pas réveillée, elle ne mérite pas de manger.

Marie-Louise hésita et regarda tout autour d'elle. Puis elle fronça les sourcils et désigna le ruisseau.

— Flora et Nicolas ! Je les ai oubliés ! Il n'y en a pas assez pour *toute* les autres !

Flora et Nicolas étaient en effet visibles dans le lointain. Flora se balançait par-dessus le ruisseau au bout d'une corde, et Nicolas s'apprêtait à la rattraper. Jess vit Flora atterrir dans ses bras et y rester ce qui parut durer six ans. Pour finir, ils se mirent à marcher main dans la main en direction du camp.

— Ils ne méritent pas ce délicieux petit déjeuner ! s'écria Jess. Allez, Marie-Louise, fais quatre parts pour toi, moi, Fred et Ed. Les autres n'auront qu'à se préparer leur repas eux-mêmes !

Marie-Louise avait l'air coupable. Jess lui prit la poêle des mains et répartit les œufs sur quatre assiettes. Puis elle distribua le bacon et les tomates. Édouard arriva et posa une tonne de bois près du feu.

— Flora ! Nicolas ! appela Marie-Louise comme les amoureux arrivaient. Je suis désolée, il n'y a plus de petit déjeuner pour vous.

— Oh, ce n'est pas grave ! répondit Flora avec un sourire éblouissant en balançant ses cheveux blonds comme dans une pub pour du shampoing.

De toute évidence, Nicolas et elle vivaient désormais d'amour et d'eau fraîche.

— On n'a pas faim, hein, Nico ? fit Flora.

Nicolas eut l'air surpris, puis acquiesça. On voyait bien qu'il aurait dévoré un cochon cru entier et une douzaine d'œufs tout juste pondus.

— On a fait une jolie promenade, dit Flora en s'asseyant près de Jess, comme si elles étaient toujours amies.

Nicolas s'installa près de Flora. Du coup, Jess ne le voyait pas, ce qui était mieux. Même assis, Flora et Nicolas continuèrent à se tenir par la main. Un instant, Jess sentit la nausée l'envahir mais, de façon héroïque, elle réussit à se concentrer sur ses œufs.

— Où est Jodie ? demanda Flora en regardant autour d'elle.

— Toujours dans les bras de Morphée, apparemment. Au fait, qui était Morphée ? lança Fred.

— Je ne sais pas, dit Jess. Mais il a un certain succès. Tout le monde lui tombe dans les bras. Un sacré séducteur.

Elle espérait que Nicolas sentirait la pointe de sarcasme dans sa voix, mais il était occupé à jouer avec les doigts de Flora et, de toute évidence, n'écoutait pas.

— Morphée est le dieu du Sommeil ! dit Marie-Louise.

Elle était adorable, mais aussi franchement casse-pieds.

— Ça te dérange si je te pique un bout de bacon, ma belle ? demanda Flora à Jess d'un ton affectueux du genre « Tu es adorable ».

— Mais non, sers-toi, répondit Jess.

Ce qui était une traduction de « Tu ne peux pas t'empêcher de tout piquer aux autres ? ». Mais, bien sûr, Flora ignora ce sous-entendu.

Elle prit la moitié du bacon de Jess (la moitié ! Oui, la moitié !), le plongea dans le ketchup, et s'en servit comme d'une cuillère pour attraper une énorme bouchée d'œufs. Exactement la bouchée que Jess convoitait.

— Miam ! fit Flora.

— Vas-y, prends-en plus! Ne te gêne pas! Ne fais pas attention à moi!

Jess réussit presque à faire passer ça pour une blague mais, de toute façon, Flora ne remarquait rien. Elle écoutait à peine. Rien de ce que Jess pourrait dire ne l'intéressait plus, désormais.

Flora avait pris une bouchée pour elle. La seconde, elle la destinait à Nicolas. Il ouvrit la bouche pour Flora avec un clin d'œil. Elle le nourrit et essuya un peu de ketchup sur son menton, qu'elle lécha ensuite sur son doigt. Beurk! La bouchée d'œufs au bacon sembla tout à coup avoir un goût de chaussettes sales et de carton mouillé dans la bouche de Jess.

— On a vu de magnifiques oiseaux ce matin, déclara Flora.

Comme s'ils étaient un couple d'ornithologues levés avant l'aube pour observer les rouges-gorges. Alors qu'ils s'étaient contentés de se caresser réciproquement les amygdales à coup de langue...

«J'espère qu'ils vont attraper la mononucléose», pensa Jess.

— Oh, moi aussi, j'adore les *zoaiseaux*! fit Marie-Louise.

— Personnellement, je préfère les crapauds géants d'Australie, dit Fred. Ils produisent un délicieux bruit d'explosion quand vous les écrasez.

— Fred, tais-toi! siffla Jess. Certains de nous

autres mortels essaient de manger ce qu'on veut bien leur laisser!

Jess plongea vers son assiette et termina son petit déjeuner avant que Flora et Nicolas puissent lui retirer la nourriture de la bouche.

À l'instant où Jess finissait son assiette, Flora se leva et déclara qu'elle allait aux toilettes. Jess l'imita.

– Je t'accompagne, déclara-t-elle.

Il fallait qu'elle parle à Flora, et elle doutait d'en avoir la possibilité plus tard dans la journée. Dans la tente des filles, c'était impossible, puisque Jodie dormait encore. Et Jess savait que, de la journée, Flora ne déscotcherait pas de Nicolas.

Elles remontèrent la colline et atteignirent des buissons qui cachaient la maison depuis le camp. Flora s'accrochait au bras de Jess. Elle regarda par-dessus son épaule pour s'assurer qu'on ne pouvait pas les entendre.

– Mon Dieu, Jess, Nicolas est tellement génial! Il me fait plein de compliments. Je sais qu'il exagère, mais il dit que je suis la plus belle fille du monde!

Jess retira violemment son bras de celui de Flora, s'arrêta et la regarda d'un air assassin.

– Tu te rends compte que tu gâches le week-end de tout le monde? siffla-t-elle. Jodie est tellement furieuse qu'elle ne sortira pas de la tente, et la façon dont vous n'arrêtez pas de décamper tous les deux est très gênante. Je t'en supplie, aie un peu de tact et arrête ces histoires de léchouilles, au moins en public. Et au moins jusqu'à la fin du week-end.

Flora fronça les sourcils. Ses yeux, d'habitude d'un bleu méditerranéen, lançaient des éclairs dignes d'un orage.

– Qu'est-ce qui te prend? Je pensais que tu serais heureuse pour moi! Nicolas n'est pas la propriété de Jodie! Je sors avec qui je veux, et si ça ne te plaît pas, eh bien tant pis!

Flora partit vers les toilettes, entra et claqua la porte. Jess était toujours folle de rage. Elle sentait presque la vapeur lui sortir des oreilles. Et maintenant? Devait-elle se planter devant la porte des toilettes pour continuer la dispute? Devait-elle avouer à Flora que, moins de vingt-quatre heures plus tôt, Nicolas l'avait elle aussi prise par la main?

« Serait-ce cruel de briser le cœur de Flora? » se demanda Jess, dont l'esprit tourbillonnait de pensées. « Après tout, pourquoi pas? » Car même si elle l'ignorait, Flora lui avait brisé le cœur, à elle aussi.

29

Folle de rage, Jess revint vers le camp. Marie-Louise parlait en français d'une voix forte à Nicolas. On aurait dit le discours d'un entraîneur de foot. Édouard avait l'air gêné et jouait avec un scarabée dans une boîte d'allumettes. Fred croisa le regard de Jess et fit une grimace qu'elle décoda aussitôt. Il voulait dire : « Que se passe-t-il ? N'aurais-je pas perçu une certaine tension ? Un événement dangereux va-t-il se produire ? Pourquoi mes poils se dressent-ils sur ma nuque ? »

Jess haussa les sourcils pour lui répondre : « Cela ne me concerne pas. Moi, jamais je ne me ridiculiserais en sortant avec un tel dragueur. » Marie-Louise cessa de parler à Nicolas, comme si elle craignait que Jess entende. Mais Jess était tellement nulle en français qu'elle aurait mieux compris une hyène en train de glousser. Elle s'assit avec un grand sourire à tout le monde, comme si tout allait bien.

— Bon ! dit-elle. Il fait un temps génial ! On fait quoi aujourd'hui ? On a déjà joué à cache-cache, aux mimes…

– Que diriez-vous du dernier truc à la mode qui s'appelle dormir ? proposa Fred.

Mais au moment où il disait ça, son visage changea. En jetant un coup d'œil par-dessus l'épaule de Jess, il blêmit. À croire que King Kong venait de surgir derrière Jess. Elle se retourna aussitôt. Jodie venait de sortir de la tente. Elle était emmitouflée dans une polaire et avait les cheveux en bataille. Ses yeux lançaient des flammes et ses narines frémissaient comme sous un courant électrique de mille volts.

– Où est mon petit déjeuner ? rugit-elle.

La poêle et les assiettes vides parlaient d'elles-mêmes. Marie-Louise eut l'air effrayée et fit mine de s'affairer.

– Je vais t'en préparer un, Jodie, dit-elle en s'agitant autour des réserves – un tas de boîtes en plastique.

– Vous avez tout mangé, espèces de cochons ? grogna Jodie en s'avançant vers le feu.

La terre donna l'impression de trembler. Fred fit un drôle de petit geste de recul à l'intention de Jess. Nicolas mit ses lunettes de soleil et essaya de paraître détaché. Édouard était bouche bée.

– Je me réveille avec l'odeur du bacon grillé, et voilà ! Il n'y en a plus !

Jodie donna un coup de pied dans une bûche. Le feu s'écroula, et quelques étincelles s'élevèrent dans un nuage de fumée.

— Oh non! s'écria Marie-Louise en fouillant partout. Il n'y a plus de *baquon*! Mais je peux te préparer des *neufs* aux tomates, Jodie, si tu veux.

— T'en fais pas pour ça, fit Jodie. C'est juste mon pré. Ce week-end était mon idée. Le bacon a été acheté par ma mère. Pourquoi aurais-je droit à un petit déjeuner, après tout?

Marie-Louise eut l'air ahurie. Elle avait du mal à comprendre les sarcasmes de Jodie. En revanche, sa mauvaise humeur était claire. Les yeux de Marie-Louise s'embuèrent de larmes. Elle chercha frénétiquement parmi les boîtes en plastique quelque chose qui puisse tirer Jodie de son humeur noire et la dissuader de manger ses amis tout crus.

Jess se dit qu'elle devait intervenir. Les Français ne pouvaient pas se défendre, parce que… ils étaient français. Fred ne s'impliquerait jamais dans ce qui ressemblait à une dispute. Il avait roulé sur le ventre et faisait mine de lire son livre de Stephen King.

— Calme-toi, Jodie, dit Jess. Il reste plein de trucs à manger. Ma mère nous a aussi donné des croissants. Ils sont dans la boîte verte.

— Je ne veux pas de croissant, putain! lâcha Jodie, toujours debout. Les croissants, ça me donne envie de GERBER!

Assise, Jess se sentait en position de faiblesse. Elle avait l'impression d'être bombardée par les obus verbaux de Jodie. Elle se leva.

— Ce n'est pas la peine de faire toute une histoire! Ce n'est qu'un petit déjeuner! Si c'est du bacon que tu veux, je suis sûre qu'on peut t'en trouver. Ta tante doit bien en avoir!

— Je ne veux pas déranger ma TANTE! rétorqua Jodie. Je ne veux pas passer pour une PIQUE-ASSIETTE! Elle est MALADE!

Jodie lança un regard à Jess comme si c'était sa faute.

— Mais putain, calme-toi! s'écria Jess. (Elle décida de ne pas poser de question sur l'état de santé de sa tante, au cas où ça soit une maladie gênante.) Mange des toasts, des haricots, ce que tu veux!

Marie-Louise pleurait maintenant à chaudes larmes. Nicolas se leva et partit vers le bas du pré.

— Jodie, reprit plus doucement Jess, tu gênes tout le monde! Calme-toi! On est censés accueillir les Français et tout ça, et tu fais pleurer Marie-Louise!

— JE SUIS FURIEUSE! hurla Jodie si fort qu'on entendait la salive bouillonner dans sa gorge.

À cet instant, Flora revint des toilettes, l'air en colère et rebelle. Jodie se plaça face à elle.

— Ah, voici la divine Flora! hurla-t-elle. J'ai entendu dire que tu as mangé tout mon petit déjeuner, espèce de grosse VACHE!

Flora eut l'air ahurie.

— Oh que non! lâcha-t-elle. Demande à Jess.

Je n'ai tout simplement pas eu de petit déjeuner ! Nicolas et moi, on n'avait pas faim. Dis-lui, Jess !

— En toute honnêteté, tu as eu un petit déjeuner, répondit Jess, qui était aussi furieuse contre Flora que Jodie. Il me semble que tu m'as piqué une bonne partie du mien !

— Pas du tout ! s'exclama Flora. J'ai juste pris un tout petit bout de bacon et une microscopique bouchée d'œufs.

— C'était plutôt la moitié du bacon et une énorme cuillerée d'œufs !

Tout à coup, Fred ferma son livre et bondit sur ses pieds. Il fit mine de tenir un micro devant une caméra de télévision.

— Les hostilités ont commencé dès ce matin au sujet du ravitaillement, déclara-t-il d'une voix journalistique. La Croix-Rouge a exigé un cessez-le-feu à 10 h 30 afin d'enterrer les morts, d'évacuer les blessés et que tout le monde ait le temps de passer aux toilettes. Ici Fred Parsons depuis la zone de guerre de la ferme des Noisetiers, à vous les studios !

— Tais-toi, Fred, tu es DÉBILE ! hurla Jodie.

— Fred n'est pas débile ! cria Jess. C'est toi qui te comportes comme une débile !

— Oui ! renchérit Flora. C'est toi qui es supposée t'occuper de Marie-Louise, d'Édouard et de Nico, tu n'as pas à leur mener une vie d'enfer !

— De Nico?! répéta Jodie d'une voix persi-
fleuse. Et qui est Nico?

— Nicolas. C'est quoi ton problème?

— Bon sang, vous allez vous calmer, toutes
les deux? lança Jess. C'est censé être un week-
end sympa, pas un incident diplomatique au
niveau international!

— Je m'en fous! hurla Jodie. De toute façon,
je déteste la France!

— Jodie! Je t'ai trouvé du *baquon*! annonça
Marie-Louise, qui venait de passer en revue
toutes les boîtes en plastique. (Elle montra un
petit bout de bacon dans un film plastique.) Tu
veux que je te le prépare?

— Va te faire foutre! cria Jodie. Je ne veux pas
de ton putain de bacon! Tu peux te le foutre
dans ton gros cul de Française!

Et elle partit en direction de la maison de sa
tante.

Il y eut un bref silence. Édouard se leva et fila
vers la haie rejoindre la compagnie infiniment
plus agréable des insectes. On voyait qu'il se
retenait de ne pas courir.

— Ouah! fit Fred. Qu'est-ce qui lui prend?

Jess arrivait à peine à croire que Fred n'avait
pas compris le problème avec Jodie. Avait-il seulement remarqué que Flora et Nicolas s'étaient
mutuellement dévorés des yeux en guise de petit
déjeuner?

— Syndrome prémenstruel, dit Jess en lançant

un regard accusateur à Flora. (Marie-Louise s'essuya les yeux.) Ne t'inquiète pas pour Jodie. Avec elle, il y a toujours des prises de bec comme ça.

— Des prises de bec ? répéta Marie-Louise d'une voix tremblante. C'est quoi ?

Tout à coup, Flora partit. Nicolas se tenait près du ruisseau, adossé à un arbre. Il regardait l'eau couler. Peut-être envisageait-il de recourir à la seule solution décente, à savoir se jeter dans l'eau. Flora courut le rejoindre, alors que sa correspondante était en larmes. Jess passa son bras autour des épaules de Marie-Louise.

— C'est bon, ce n'est pas grave, ne pleure pas, dit-elle.

Mais, d'une certaine manière, la gentillesse de Jess ne fit qu'empirer la situation. Marie-Louise se jeta dans les bras de Jess pour sangloter.

Jess regarda Fred par-dessus l'épaule de Marie-Louise, lequel haussa les épaules et battit en retraite. Il fit une nouvelle grimace qui signifiait : « Je ne supporte pas les débordements d'émotion féminins, alors je te prie de m'excuser si je disparais pendant plusieurs heures. »

Jess lui lança un regard furieux. Elle avait tellement besoin de son soutien en ce moment crucial : de ses blagues, de sa maladresse volontaire. Mais Fred partit en haussant les épaules. Jess lui lança un regard encore plus furieux.

À la première occasion, elle le lui ferait payer. Dès qu'elle aurait fini de faire payer les autres.

— Oh Jess, sanglota Marie-Louise, je suis si *inheureuse* !

— Ne fais pas attention à Jodie, dit Jess. C'est juste une grosse vache capricieuse.

— Ce n'est pas Jodie, c'est autre chose !

Jess se raidit. Qu'est-ce qui se passait, encore ?

30

— Qu'est-ce qui se passe, Marie-Louise ? demanda Jess. Tu as le mal du pays ?

Marie-Louise fit signe que non, et, entre deux sanglots, réussit à produire une phrase. Malheureusement, au milieu de ses larmes, elle parlait beaucoup moins bien anglais.

— C'est… comment on dit ? *Miami*.

— Miami ? répéta Jess, perdue. La ville en Floride ?

Comment une Française pouvait-elle être triste à cause d'une ville américaine ?

— Non, non, fit Marie-Louise. *Mon ami** !

Oh non ! Voilà qu'elle se mettait à parler français ! C'était injuste ! Jusque-là, Marie-Louise était la seule Française capable de parler correctement anglais.

— Attends ! dit Jess, je vais chercher mon dictionnaire.

— Moi, je vais aux toilettes ! annonça Marie-Louise. Excuse-moi !

Elle courut en direction de la ferme. Jess hésita.

Peut-être que Marie-Louise était malade. Cela devait être terrible de camper quand on n'était pas bien. Peut-être qu'elle avait la *Miami*. Ou la *Monami*, allez savoir.

En tout cas, Jess avait besoin de son diction-naire. Elle se dirigea vers la tente des filles. Le week-end tournait vraiment au vinaigre. Mais ça devait être dix fois plus dur pour Marie-Louise si elle était malade en pays étranger. Jess espé-rait bien ne pas attraper la *Miami*.

Quand Fred réapparaîtrait, Jess et lui s'amu-seraient à passer en revue toutes les villes dont le nom ressemblait à une maladie. Seattle, ça faisait mal de ventre. Et Kuala Lumpur, Rotter-dam? Puis ils chercheraient quelles maladies avaient des noms de villes. «J'ai un correspon-dant à Acné, Ohio.» «Nous allons en vacances à Candida, cet hiver.» Cela ferait passer le temps. Dix minutes, au moins. Ce merveilleux week-end, qu'ils avaient eu tant de mal à organiser, virait au cauchemar.

Partir en camping, ça signifiait un groupe d'amis en train de s'amuser autour d'un feu de camp. Où étaient-ils tous passés? Jodie avait dis-paru dans la ferme. Nicolas et Flora avaient filé quelque part près du ruisseau. Marie-Louise s'était enfermée aux toilettes. Fred s'était tout sim-plement volatilisé. Seul Édouard était visible, il rampait au pied d'une haie.

Jess poussa un grand soupir et entra sous la

tente des filles. Bon, où était son dictionnaire ? Elle se mit à genoux sur son sac de couchage, et tout à coup, elle découvrit la catastrophe. Ce n'était pas le dictionnaire, mais une araignée. Une araignée noire presque aussi grosse que son poing était tapie près de son oreiller, à moins d'un mètre d'elle !

Jess manqua défaillir. Elle faillit avoir une attaque de Rotterdam sous la tente. Un Baton Rouge lui brûla la gorge. Un instant, elle fut paralysée de terreur, puis elle ressortit à toute vitesse de la tente comme dans un film qu'on passe à l'envers.

— Au secours ! cria-t-elle.

Mais qui allait lui venir en aide ? Qui la débarrasserait de l'araignée avant qu'elle ait une crise cardiaque ? Il n'y avait qu'une seule solution : Édouard.

— Ed ! appela Jess en courant vers lui.

Elle se rendit compte que, pour une fois, la chance lui tendait une paire d'as : la seule personne aux alentours était Édouard. Or, c'était l'homme de la situation. Il adorait les insectes. Il la regarda foncer droit sur lui.

— Ed ! dit-elle en arrivant. Il y a une araignée dans ma tente !

Ed fronça les sourcils. Oh non ! Elle avait oublié qu'il ne parlait pas anglais !

— Une araignée ! cria-t-elle.

— *Quoi ?* fit Édouard.

« *Couac ?* Il me couaque dessus ? pensa Jess. Non, j'ai dû rêver. »

— A-rai-gnée ! prononça-t-elle.

— Quoi ? répéta-t-il.

« Mais il couaque vraiment ! pensa Jess. Il se prend pour un canard. Je dois être en train de faire un cauchemar. »

— Araignée dans tente ! dit Jess.

— Quoi ? dit Édouard.

Puis il eut un geste salvateur. Il sortit son dictionnaire. Jess l'attrapa. Les mains tremblantes, elle feuilleta les pages et trouva le mot araignée. Elle le montra du doigt, puis elle désigna la tente.

— Araignée dans tente ! hurla-t-elle. Au secours, s'il te plaît ! Débarrasse-moi de l'araignée !

Le visage d'Édouard s'illumina. Il courut vers la tente comme s'il s'agissait d'une énorme boîte de gâteaux au chocolat. Jess le suivit prudemment. Il était hors de question qu'elle entre sous la tente. Il devrait se débrouiller tout seul.

Il disparut derrière la porte en toile. Jess resta dehors. Il y eut un silence, puis des bruits à l'intérieur.

— *Jenelatrouvepas !* dit-il.

Oh non. Ça recommençait. Il parlait à nouveau elfique.

Jess jeta un coup d'œil par l'entrebâillement. Édouard soulevait les sacs de couchage.

— Trouve-la, Eddie ! fit Jess. (Elle avait décidé de ne pas tenter de comprendre ce qu'il disait, et de lui parler anglais comme si de rien n'était.) Cherche! Bon chien!

Tout à coup, il s'immobilisa. Il regardait en direction du sac à dos de Jodie. Jess se figea sur place. Édouard plongea et attrapa l'araignée. À pleines mains! Puis il la mit dans l'une de ses petites boîtes. Et sortit avec un sourire heureux en rangeant la boîte dans sa poche. Jess n'arrivait pas à imaginer qu'il puisse faire une chose pareille. Il ne venait pas de France. Il venait d'une autre planète.

— *Elle est magnifique**! dit-il.

Et là, Jess comprit.

— *Merci**! dit-elle en lui tapotant le dos.

Pas de façon amoureuse. Plutôt comme on caresse un gentil petit chien.

Jess ne put s'empêcher de demander :

— Juste un truc… C'était quoi ces *couac*, tout à l'heure?

— Quoi? fit Édouard.

— Mais ça recommence! dit Jess. Couac? C'est quoi, couac?

— Quoi? fit Édouard.

À cet instant, par bonheur, Marie-Louise revint. Elle avait passé un petit moment aux toilettes et semblait aller mieux.

— Marie-Louise, dit Jess. Qu'est-ce que ça veut dire, *couac*? Édouard n'arrête pas de couaquer.

— Couac? Ce n'est pas *couac*, c'est *quoi*? En gros : «Qu'est-ce que tu dis?»

— Ah, d'accord ! Au moins, j'aurai appris un mot de français, donc le week-end n'est pas entièrement gâché.

— Couac ? fit Marie-Louise.

Jess avait parlé trop vite.

— Rien, ce n'est pas grave. Bon dis-moi, Marie-Louise, qu'est-ce qui t'arrive ?

— Euh, c'est *idiote*, dit-elle.

Jess lui passa un bras autour des épaules dans ce qu'elle espérait un geste de réconfort. Les gestes étaient d'autant plus importants quand la communication verbale laissait à désirer.

— Je suis certaine que ce n'est pas *idiote*, dit Jess.

Oh non ! Elle compatissait tellement au sort de Marie-Louise qu'elle faisait les mêmes fautes qu'elle !

— C'est, euf, mon ami, expliqua Marie-Louise. Mon petit ami. Pascal.

— Et qu'est-ce qui ne va pas ? demanda Jess.

— Mes amies m'ont *annoncé* des sms de France. Elles disent qu'il *sorte* avec une autre fille.

La voix de Marie-Louise tremblait et elle faisait beaucoup d'erreurs. À n'importe quel moment, elle risquait de se mettre à parler le langage elfique.

Pascal voyait une autre fille ? « The salaud ! Tous les garçons sont des cochons ! » pensa Jess. Oh non ! Elle parlait n'importe comment, maintenant. Mais il fallait à tout prix qu'elle console

Marie-Louise. Elle ne supporterait pas une larme de plus.

— Et si tu appelais tes amies ? lui proposa Jess. Tu pourras leur demander comment elles savent ça.

— Mon téléphone ne *court* plus ! s'exclama Marie-Louise d'un ton désespéré. Je n'ai plus de *crédite* !

— Eh bien, prends le mien, proposa Jess en lui tendant son appareil.

Marie-Louise réussit à sourire. Puis elle prit Jess dans ses bras et lui fit deux baisers sonores sur les joues.

— Merci, Jess ! Tu es très *gentil* !

— C'est bon. Appelle-le. Et parle aussi longtemps que tu veux, conclut Jess, qui avait retrouvé son anglais.

Jess remit une bûche dans le feu et s'allongea sur une couverture. Marie-Louise s'éloigna dans le pré pour avoir un peu d'intimité. Édouard était parti jouer avec son araignée dernier cri. Enfin un moment de paix et de tranquillité.

Jess ferma les yeux. Elle se sentait épuisée. Il n'y avait rien de plus fatigant qu'une tornade émotionnelle. Sauf peut-être une tornade émotionnelle en langue étrangère. La chaleur du feu lui fit du bien. Les rayons du soleil printanier la réchauffèrent. Jess se détendit.

Tout à coup, elle entendit des pas. Peut-être que Marie-Louise revenait pour lui demander de nouveaux conseils. Égoïstement, Jess fit mine de dormir. Elle essaya d'avoir l'air profondément et bienheureusement endormie. Puis quelqu'un s'assit près d'elle. Lourdement.

– Bon! dit Jodie d'une voix pleine de venin. J'ai décidé que je rentrais chez moi!

Jess ouvrit grands les yeux. Apparemment, il y avait une nouvelle crise à gérer. Franchement, elle aurait été plus tranquille dans une émeute.

31

Jess se rassit et, pour gagner un peu de temps, se frotta les yeux. Comment allait-elle calmer Jodie et la faire passer du stade de lion blessé à celui d'adorable chaton avant que Flora revienne au camp? Un instant, elle pensa à combien ça serait reposant si Jodie rentrait chez elle. Mais ça serait bizarre, aussi. Ils campaient chez sa tante, tout de même.

Si elle rentrait chez elle, Jodie bouderait jusqu'aux vacances de Pâques, voire après. Et puis, malgré tout, Jess aimait beaucoup Jodie. Quand elle était de bonne humeur, c'était une fille très drôle. Sans oublier que ça devait être vraiment embêtant que votre correspondant français sorte avec une autre fille alors que tout le monde savait que vous étiez dingue de lui. Jess pouvait comprendre.

— Bon. Laisse-moi reprendre mes esprits. Commençons par le commencement. Déjà, tu n'as pas eu de petit déjeuner, non?

— En fait, avoua Jodie, j'ai mangé un toast dans la cuisine chez ma tante.

— Génial! dit Jess. Avec quoi? De la marmelade?

— Si tu veux vraiment tout savoir, dit Jodie, du bacon.

— Donc tu t'es fait un sandwich au bacon! (Jess commençait à se sentir jalouse.) Génial! Avec du ketchup?

— Oh, arrête de parler de nourriture, Jess. Tu es vraiment goinfre. Il y a d'autres choses dans la vie, tu sais.

— Écoute, dit Jess, ignorant l'insulte de Jodie. Je suis ta bonne fée. Tous mes pouvoirs magiques sont à ta disposition. Que dois-je faire pour toi? J'exécuterai ton moindre vœu.

Jodie avait encore l'air grognon, mais on voyait qu'elle réfléchissait à la proposition de Jess.

— Je veux que tu fasses voler une escadrille d'éléphants au-dessus de la tête de Flora pour qu'ils se soulagent sur elle, un par un.

— Pas de problème, très facile, dit Jess. Mais puis-je suggérer que Flora soit, par la même occasion, défigurée? Après tout, de la bouse d'éléphant, ça se lave. En revanche, des narines comme des cratères, ça vous reste à vie.

Un vague sourire faillit balayer le visage de Jodie.

— Défigurée? Bonne idée... s'amusa-t-elle. Et mets-lui des fesses d'ogre, tant que tu y es.

— Puis-je suggérer des fesses d'ogre vert et flatulent? renchérit Jess. Le vert est très à la mode. Et peut-être aussi des dents couvertes de mousse?

Jodie sourit, et son sourire resta. L'astuce de Jess semblait fonctionner.

— Mais à mon avis, il faut aussi un peu de noir, dit Jess. Sous forme de points, cela donne une option très intéressante.

— Oh oui, des points noirs partout sur le visage! s'enthousiasma Jodie. Et au lieu de cheveux, mets-lui des poils.

— Et des écailles? suggéra Jess. Avec un peu de bave? Et puis, de temps en temps, quand elle ouvrira la bouche, elle fera des pets au lieu de parler?

Jodie éclata de rire. Elle rit très fort, même. Jess se sentit soulagée. Pouvait-elle considérer qu'elle avait gagné la partie et mettre un terme à cette thérapie par le rire?

— Oh non! Un instant, j'ai failli me sentir désolée pour elle! s'exclama Jodie en serrant les dents. Faut pas exagérer, quand même.

— Celle pour qui je me sens vraiment désolée, reprit Jess aussitôt pour changer rapidement de sujet, c'est Marie-Louise. Apparemment, son petit copain français voit une autre fille, et elle n'arrête pas de recevoir des sms de ses amies pour la prévenir.

— Mon Dieu! fit Jodie en se mettant la tête dans les mains. J'ai vraiment été malpolie avec elle?

– Plutôt, j'avoue, dit Jess sur un ton léger. Sur une échelle de un à dix, je dirais neuf et demi. «Tu peux te le foutre dans ton gros cul de Française!», c'était pas mal. (Jodie gémit.) À ce propos, si tu gardes les yeux ouverts la prochaine fois que Marie-Louise se prépare à se coucher, tu verras son string en lamé or.

– Oh non! gémit Jodie. La voilà. Je vais lui faire mes plus plates excuses. Mais n'espère pas que je m'excuse auprès de Flora. Elle mérite juste d'aller bouillir en enfer.

Jess ne fit aucun commentaire. Elle regarda Marie-Louise marcher vers elles en essayant de deviner si elle avait été rassurée ou non par son appel.

– Alors? demanda-t-elle quand Marie-Louise arriva.

– Je ne sais pas *beaucoup*... il dit que c'est des bêtises, mais... (Marie-Louise haussa les épaules.) Tant que je ne l'aurai pas en face à face... Merci de m'avoir prêté ton téléphone, Jess. Ce n'est pas très facile de communiquer comme ça, non?

– C'est toujours très dur de communiquer, même en face à face, fit Jess. Jodie voudrait s'excuser pour sa colère de tout à l'heure.

– Oui, dit Jodie. J'étais totalement hors de moi. Je suis désolée. Tes fesses sont merveilleuses.

Marie-Louise eut l'air effrayée, mais aussi soulagée.

— Oui, elles sont beaucoup plus fines que celles de Jodie ou les miennes, ajouta Jess.

Marie-Louise sourit.

— Ne t'inquiète pas, Jodie, dit-elle en rougissant. Je comprends que tu sois *coléreuse*.

— Non, maintenant, c'est passé, dit Jodie en roulant sur le dos. (On aurait presque dit un chat qui voulait se faire caresser le ventre.) Nicolas a parfaitement le droit de sortir avec Flora s'il veut. Je leur souhaite plein de bonheur.

— Ah, bon! Excusez-moi, j'ai un peu frais. Je vais chercher un *pull-envers*.

Elle rentra sous la tente.

— Ouf, dit Jodie d'une voix grondante. C'est bon pour les excuses.

— Formidable! fit Jess. Maintenant, je t'en supplie, ne rentre pas chez toi. C'est vraiment génial, ici. Si tu t'en vas, tu vas gâcher le week-end de tout le monde. Et tu as dit toi-même que Nicolas avait parfaitement le droit de sortir avec Flora, s'il voulait.

Tout en prononçant ces mots, Jess serrait les dents de rage. Elle se demandait si Nicolas avait dragué Jodie, elle aussi. Lui avait-il tenu la main en la regardant dans les yeux et en l'inondant de compliments avant de passer à une autre fille?

— J'ai juste dit ça pour mettre Marie-Louise à l'aise, marmonna Jodie. La seule raison pour laquelle je reste — si je reste — c'est pour avoir ma vengeance.

Elle regarda Jess droit dans les yeux. En gros, c'était un ultimatum. Jess n'avait que le choix de coopérer. En plus, elle devait trouver une idée.

— Il faut qu'on les humilie tous les deux, reprit Jodie, tel un lion qui ronge un os. D'accord ?

Jess sentit un nœud juste en dessous de son nombril. D'accord, Flora s'était mal comportée. Elle avait sauté sur Nicolas sans se soucier de rien ni de personne. Mais elle n'en restait pas moins la meilleure amie de Jess.

Devait-elle prévenir sa meilleure amie que Nicolas tenait la main de Jess une heure avant de se jeter sur Flora ? Si son nouveau don juan était un dragueur, Flora n'avait-elle pas le droit de savoir ? Et n'avait-elle pas le droit de savoir que Jodie préparait une terrible vengeance ?

Jess soupira.

Si Nicolas était sorti avec elle, Jess voyait très bien comment le reste du week-end et ses amis n'auraient plus eu aucune importance. La présence des autres aurait même été une torture. Flora et Fred étaient les deux meilleurs amis de Jess, mais avec le bras de Nicolas autour de ses épaules et la perspective de plusieurs heures de câlins romantiques sous un arbre, l'amitié risquait de devoir aller faire un tour dans les prés.

C'était tellement évident… C'était d'ailleurs la raison pour laquelle Flora et Nicolas étaient absents à cet instant. Où se trouvaient-ils, d'ailleurs ? Dans les bras l'un de l'autre au milieu d'une nature époustouflante de beauté, sans aucun doute. Le ventre de Jess se contracta de jalousie.

— Trouve une idée, lui fit Jodie. C'est toi qui as le plus de neurones de nous tous. Je veux la tête de Flora et de Nicolas sur un plateau avant ce soir. Si je dois endurer une nouvelle soirée à les voir se tripoter, je ne réponds plus de moi.

Elle partit vers la tente des filles, attrapa sa serviette et se dirigea vers la ferme.

— Je vais prendre une douche, cria-t-elle à Jess. Trouve-moi une solution ! N'oublie pas que tu es une mauvaise fée !

« J'étais censée être une bonne fée », pensa Jess.

Marie-Louise émergea de la tente des filles vêtue d'une polaire. Elle s'installa près de Jess.

— C'est formidable que Jodie va mieux, non ?

« Ma pauvre, pensa Jess. Si seulement tu savais… »

Elle émit cependant quelques bruits encourageants et remua le feu avec un bâton.

— Ah ! Fred revient ! s'exclama Marie-Louise.

Jess leva la tête. Fred était en effet en train de franchir une barrière. La barrière que Jess, mouillée et couverte de bouse de vache, avait escaladée la veille. Fred avait à la main son livre de Stephen King.

— J'adore Fred! dit Marie-Louise. Il est si *amuseur*!

Tout à coup, Jess se rendit compte qu'une seule personne pouvait la tirer de cette situation explosive. C'était le docteur Fred.

32

Jess se leva et courut vers Fred. Il prit un air inquiet.

— Qu'est-ce qu'il y a ? Un mort ? demanda-t-il.

— Non, mais si on ne trouve pas vite une solution, il va y en avoir un !

— Hein ? fit Fred en haussant des sourcils interrogateurs. Mais pourquoi est-ce que je viens de quitter mon terrier ? C'est à cause de Stephen King. Le passage que je lisais me rendait malade, et j'ai senti que j'avais besoin du réconfort d'une présence humaine.

— Voilà la situation ! lui exposa Jess. Jodie m'a ordonné de trouver une vengeance contre Flora, et si je ne lui propose pas quelque chose avant midi, elle me coupe la tête et la jette dans le ruisseau.

— Comparé à ce qui vient de se passer dans mon livre, une décapitation, c'est de la rigolade, fit Fred.

— Arrête, Fred, je suis sérieuse. Jodie veut se venger de Flora et de Nicolas, mais je suis incapable de faire souffrir Flora, même si, pour l'instant, je la déteste.

— Et pourquoi tu la détestes pour l'instant? Le monde des émotions féminines est décidément en perpétuel mouvement.

Oups! L'esprit de Jess s'arrêta net. Fred ne devait pas savoir qu'elle avait été amoureuse de Nicolas, et encore moins qu'elle lui avait tenu la main. Ça serait pire que tout.

— Euh, bredouilla-t-elle, je lui en veux de sortir avec un nul de Français au lieu de se payer de super fous rires avec moi tout le week-end. Il est casse-pieds, ce mec.

— Je ne comprends plus. Qu'est-ce qu'il faut faire? Utilise des mots courts, de préférence d'une seule syllabe.

— Jodie est furieuse contre Flora et Nicolas, dit Jess. Essentiellement parce que, elle aussi, elle est amoureuse de lui. Alors elle m'a ordonné de trouver une mauvaise blague à leur faire. Mais je ne peux pas, parce que Flora et moi, on est censées être amies. Alors tu dois imaginer quelque chose qui fera changer Jodie d'avis.

— Et quoi, par exemple? Un karaoké? Un vol en montgolfière? Un dîner au champagne au Ritz?

— Exactement. De préférence les trois. Organise tout ça, Parsons, ou je cherche un plan pour me venger de toi.

— Je suis au-delà de toute forme de vengeance,

dit Fred en attrapant son portable. Je suis la forme la moins évoluée de l'espèce humaine. Je n'ai ni colonne vertébrale ni cerveau. Rien de ce que tu pourrais dire ne m'atteindrait. Je suis l'égal des rochers et des végétaux.

Il alluma son portable et écrivit un sms à toute vitesse. Jess essaya d'y jeter un coup d'œil, mais Fred l'en empêcha. Puis il rangea son téléphone.

— À qui tu écrivais ? demanda Jess, stupéfaite.

— C'est un secret. Maintenant, retournons au feu et essayons de trouver de quoi nous sustenter. Toute cette violence m'a ouvert l'appétit.

Ils rejoignirent Marie-Louise au camp, et Édouard apparut les bras chargés de bois.

— Il n'est pas chou ? fit Fred.

— Ne parle pas de lui comme ça, dit Jess.

Elle commençait à se sentir des devoirs vis-à-vis d'Édouard. Tout de même, il avait volé à son secours plusieurs fois au cours du week-end. Elle lui sourit, et il lui rendit son sourire.

— Bon ! Du bois ! dit-elle en souriant et en faisant le V de la victoire. Merci !

— *Bondubois* ! répéta Édouard d'un ton amical. *Tu es un plaisir* ! Ouah !

La communication se mettait en place. Enfin, presque.

Marie-Louise sortit des choses fabuleuses des boîtes en plastique : des pains au chocolat, des croissants et les meilleures pâtisseries anglaises, des buns. Ils mirent la bouilloire sur le feu pour préparer du chocolat chaud. Tout à coup, la poche de Fred rugit : c'était sa sonnerie – le moteur d'une formule 1. Il sortit son téléphone et lut le message.

– C'est quoi ? demanda Jess. Une réponse à ton SOS ? (Fred écrivit quelques mots sans dire un mot.) Qu'est-ce qui se passe ? supplia Jess.

– Tu le sauras bientôt. La cavalerie arrive.

Jess était très intriguée, mais elle dut parler avec Marie-Louise des différentes races de chien jusqu'à ce que la bouilloire atteigne le point d'ébullition. À cet instant, Jodie réapparut.

– Jess, annonça-t-elle, ma tante dit que ton linge est sec et que tu peux aller le repasser quand tu veux.

– Génial ! fit Jess. Du repassage ! J'adore ! Exactement ce que j'espérais !

Elle bondit sur ses pieds.

– J'ai entendu dire que les gens qui ont inventé les stages de ski lancent la semaine prochaine des stages de repassage, dit Fred.

– Génial ! Je commence tout de suite à faire des économies pour m'y inscrire ! déclara Jess.

Malgré son profond dégoût pour le repassage, elle était ravie d'avoir une bonne excuse pour échapper à Jodie.

Malheureusement, cette dernière annonça :

– Attends, je t'accompagne. Je vais chercher mes affaires sales.

Elle alla prendre quelques vêtements dans la

tente des filles et rejoignit Jess. Alors qu'elles s'éloignaient, Jess lança un regard désespéré à Fred. Il imita Jodie en colère : yeux exorbités et moue boudeuse. Jess faillit éclater de rire, mais réussit à se contenir.

— Bon, dit Jodie alors qu'elles marchaient vers la ferme. Quel est ton plan ?

— C'est une surprise, dit Jess.

— Dis-le-moi ! ordonna Jodie. Parce que j'ai quelques idées géniales, moi aussi. On pourrait attraper une grenouille et la mettre dans leur sac de couchage. Ou alors, les suivre la prochaine fois qu'ils disparaissent, se cacher dans les buissons et faire de gros bruits dégoûtants quand ils s'embrassent.

— Ne t'inquiète pas, dit Jess, secrètement attristée du peu d'imagination de Jodie, même si Jess n'avait elle-même pas la moindre idée. Tout est arrangé. Tu n'as rien à faire.

— Oui, mais qu'est-ce qui va se passer exactement ? demanda Jodie en s'accrochant à Jess. Il faut que ça soit réussi et total humiliant. Je veux la tête de Flora sur un plateau, tu te souviens ? Alors raconte-moi ça avec plein de détails sordides !

L'esprit de Jess mit les bouchées doubles. Ce qu'elle avait espéré être un petit break en compagnie de la planche à repasser tournait à un interrogatoire par la Gestapo.

33

— Jodie, ça doit être une surprise, d'accord ?

Jess jouait la montre. Pourquoi, mais pourquoi était-elle allée raconter à Jodie qu'elle avait déjà échafaudé un plan contre Flora et Nicolas ? Sans doute pour essayer de protéger Flora, et même tout le monde, de l'humeur féroce de Jodie, qui venait déjà de créer un incident diplomatique entre la France et l'Angleterre.

« C'est bizarre, pensa Jess. J'ai plus de raisons que Jodie d'être furieuse contre Flora. Car moi, Nicolas m'a vraiment pris la main, or je suis certaine qu'il n'a pas touché Jodie, sinon, on en aurait entendu parler à l'heure qu'il est ! »

— Ça doit être une surprise pour eux. Mais ça n'a pas besoin d'être une surprise pour moi ! rétorqua Jodie.

— Oui, mais on a décidé que ça serait mieux si c'était une surprise pour tout le monde, dit Jess, qui ne savait plus comment s'en sortir.

— Qui c'est, on ?

— Fred et moi, dit Jess au moment où elles atteignaient la maison. Il est génial.

Elles franchirent le seuil. La tante de Jodie était assise à la table de la cuisine devant des piles de vieilles chaussettes. Betsy s'étira dans son panier, aboya et agita la queue.

— Je vais ouvrir une agence pour chaussettes célibataires, déclara tante Rose. C'est bête, je sais, mais je ne supporte pas de les jeter. Cela m'attriste.

Elle soupira. De toute évidence, c'était une grande sentimentale.

— Nous aussi, on fait ça à la maison, dit Jess. Mais il y a toujours quelques chaussettes qui veulent obtenir leur indépendance et faire carrière toutes seules.

— Tatie, je peux faire une lessive ? demanda Jodie.

— Bien sûr, bien sûr, dit tante Rose. Vas-y. (Elle se leva et se dirigea vers la fenêtre.) Quelle belle journée...

Jodie et Jess traversèrent la cuisine jusqu'à la buanderie. Jodie ferma la porte derrière elles, et quand elles eurent mis la machine à laver en marche, celle-ci fit assez de bruit pour couvrir le son de leur voix.

— Bon, dis-moi, reprit Jodie d'un ton impatient alors que Jess commençait à repasser son jean. Comment ça va se passer ? Je veux savoir !

— Devine, dit Jess, pour qui toute suggestion, à ce stade, était bonne à prendre.

— Est-ce qu'il y aura de la bouse de vache ?

— Peut-être. Comme touche finale.

— Est-ce qu'il y aura de la boue ?

— Certainement, dit Jess en repassant son jean à la vitesse de la lumière pour échapper le plus vite possible à Jodie.

— Est-ce qu'il y aura de la douleur ?

— Tu penses bien. Cinq étoiles, top qualité, grand luxe.

— Du sang et des larmes ? insista Jodie avec empressement.

Quel monstre, cette fille !

— Je ne peux pas te promettre le sang et les larmes, dit Jess. Mais on ne sait jamais.

— Quoi d'autre ? Donne-moi un indice, dit Jodie, comme si elles jouaient aux devinettes.

— Quoi d'autre ? répéta Jess alors que son esprit errait quelque part dans l'univers. Des olives noires, fit-elle pensivement. Des chiens enragés. De la poudre de piment. Des lames de rasoir. Un rat mort dans la mayonnaise. Une goutte de jus de citron.

— Ah ah ! rit Jodie. Jess, tu es tellement bizarre. C'est génial que tu sois fâchée contre Flora. Tu veux venir passer le week-end prochain chez moi ? On pourrait aller au bowling, on s'éclaterait bien.

Jess ressentit un frisson d'horreur à l'idée d'un exercice physique, surtout en compagnie de Jodie. Jodie était sympa, elle pouvait être drôle quand elle n'était pas en colère. Mais devenir sa meilleure amie ? Pas question.

Un instant, Jess imagina Flora. Belle, élégante, intelligente et drôle. Sensible et gentille. D'habitude. Puis, comme dans un cauchemar, l'image se transforma subitement, et Jess vit Nicolas et Flora en train de marcher enlacés dans le pré. Puis Flora se tournait vers Jess et lui envoyait une giclée de venin parce que Jess avait osé la critiquer.

— Au bowling ? Euh… le week-end prochain, ça va être un peu compliqué, Jodie. Les Français seront encore là, non ? Ils repartent quand ?

— Ah oui, c'est vrai, dimanche, je crois. Le week-end qui suit, alors. Et si tu venais chez moi ? Tu pourras rester dormir, si tu veux. Il y a même une télé dans la chambre d'amis.

Jess se sentit envahie par la panique. Il fallait qu'elle trouve un moyen de refuser les invitations de Jodie. Elle ne voulait pas remplacer Flora par Jodie même si, pour l'instant, Flora était indisponible en tant qu'amie.

— Oh, je suis désolée, dit-elle. Mon père vient ce week-end-là, et je le vois si peu souvent que je dois me consacrer à lui.

— Dommage, dit Jodie. On aurait pu fêter la fin de l'invasion par les Français. Comment vais-je supporter Nicolas toute une semaine ? Je ne lui adresserai pas la parole. Il n'aura qu'à parler à ma mère ! J'ai hâte qu'il reparte.

— Est-ce qu'il t'a… ? dit Jess d'un ton mal assuré. Avant de sortir avec Flora. Draguée ?

Jodie eut un instant d'hésitation, les sourcils froncés. Elle faisait exactement la moue que Fred avait imitée un peu plus tôt.

– Non, pas vraiment, dit-elle. On ne peut pas dire ça. Mais plusieurs fois, il m'a regardée droit dans les yeux. Et quand j'ai envoyé ma photo, il m'a dit que j'étais belle.

« Encore une photo retouchée », pensa Jess, en repassant son T-shirt à toute vitesse.

– Est-ce qu'il t'a, genre, pris la main ou quelque chose comme ça ? insista Jess.

– Eh bien, fit Jodie avec une moue pensive. Quand il est arrivé, il m'a embrassée sur les deux joues. Et il a recommencé tous les soirs pour me dire bonsoir.

– On ne peut pas appeler ça une relation torride, commenta Jess. Les Français s'embrassent tout le temps. Leur président a même essayé d'embrasser notre Premier Ministre la dernière fois qu'il est venu. J'ai vu ça aux infos.

– Oui, oui, je sais. Ce n'est pas comme si Nicolas m'appartenait ni rien. Il n'est pas mon petit ami. Je n'ai pas de problème avec ça. Mais il est censé être mon correspondant, or depuis que Flora lui a mis le grappin dessus, il ne m'a pas dit un mot.

– Donc tu n'es pas jalouse ?

– Tu rigoles ? Je suis folle de jalousie ! Certains jours, je hais Flora. Je sais que vous étiez très proches, mais des fois, elle me gonfle vraiment.

— Je n'ai pas dit que nous n'étions plus proches, dit Jess. C'est juste que pour l'instant, elle est indisponible.

— Ouais, ouais, dit Jodie. En tout cas, elle mérite ce qui va lui arriver.

— Oui, dit Jess en toute hâte. Bon, je crois que j'ai fini. Je n'ai pas besoin de repasser ma polaire.

Jess débrancha le fer, attrapa ses vêtements et se dirigea vers la porte.

— Alors, dis-moi, qu'est-ce qui va leur arriver ? insista Jodie comme un petit chien hargneux qui poursuit un facteur.

— Tu verras bien ! lança Jess en se glissant dans la cuisine.

Tante Rose regardait par la fenêtre.

— Ah, ces nuages, soupira-t-elle. Regardez comme ils sont beaux, les filles !

Jodie et Jess s'approchèrent.

— Génial, je n'en ai jamais vu d'aussi beaux ! s'exclama Jodie.

— Je rêve de prendre des cours de photo, dit tante Rose. Je voudrais me spécialiser dans les ciels. Je suis du signe de la Balance, vous voyez. C'est un signe de l'air.

— Tu parles, elle brasse du vent, plutôt oui, souffla Jodie comme les deux filles filaient par la porte.

— Je trouve ta tante adorable, dit Jess, qui faisait tout pour éviter le sujet de Flora, de Nicolas, et de la terrible vengeance que Jess devait leur faire subir. Je suis désolée qu'elle soit malade. Qu'est-ce qu'elle a ?

– Oh, rien en fait. J'ai juste dit ça parce que j'étais en colère.

Alors qu'elles contournaient la haie d'aubépine, un étrange spectacle s'offrit à leurs yeux. Il y avait plein de gens autour du feu ! Flora et Nicolas étaient revenus, ils étaient blottis l'un contre l'autre, ce qui était, certes, énervant. Mais ce n'était pas le moment. Parce qu'il y avait de nouveaux venus.

C'étaient deux garçons du lycée, que Jess et Jodie trouvaient très beaux, même si elles ne les connaissaient pas beaucoup. L'un était Mackenzie, petit, trapu, avec des cheveux noirs, très bavard. Il semblait avoir envie de noyer Marie-Louise sous un déluge d'anglais.

Mais la plus grande surprise, c'était la visite de son copain Ben Jones, le capitaine de l'équipe de foot. Ben avait raté plusieurs semaines de cours. On l'avait opéré d'une appendicite aiguë, et il y avait eu des complications. Mais désormais, il semblait en pleine forme.

Il était allongé près du feu, qu'il remuait négligemment avec un bâton. Bizarrement, il avait changé depuis la dernière fois où Jess l'avait vu. Ses cheveux semblaient tout à coup d'un blond californien, et ses jambes plus longues qu'avant. Si c'est un effet de l'appendicite, l'opération devrait être obligatoire ! Plus de potions magiques, préférez les douleurs au ventre!

— Salut les gars! fit Jodie en s'avançant vers eux comme un loup qui s'approche de deux agneaux. Bienvenue chez ma tante!

— C'est total génial ici! dit Mackenzie. Si j'avais su que tu possédais des terres, Jodie, je t'aurais séduite il y a des années! Mais j'espère que ce n'est pas trop tard? On peut se fiancer, maintenant?

Tout le monde rit, surtout Jodie. Puis elle se tourna vers Ben Jones, allongé dans une pose très picturale.

— Salut Ben, dit-elle. Tu vas mieux? Tu nous as vraiment manqué. Tu me montres ta cicatrice?

Ben Jones lui fit le sourire le plus alangui et le plus sexy qu'on puisse imaginer et eut l'air gêné. Génial! Jodie ne pensait plus à Nicolas!

— Euh… non, elle est horrible, répondit Ben.

Il n'avait jamais été très fort à l'oral.

Mackenzie parlait tout le temps, mais Ben était très timide, donc en général c'était Mackenzie qui parlait pour eux. Cette fois, ils souriaient à l'unisson à Jodie, comme dans une stéréo de drague.

Jess croisa le regard de Fred. Il haussa légèrement les sourcils, comme pour dire : «Alors, qu'est-ce que tu penses de mon plan?» Et Jess lui fit un petit signe de tête qui signifiait : «Pas

mal pour un début. » L'arrivée de Ben et de Mackenzie avait mis Jodie de bonne humeur. Le
plan de Fred était génial. Les garçons avaient
de toute évidence reçu la consigne de draguer
Jodie. Tout le monde pouvait désormais se
détendre et laisser le week-end se dérouler tranquillement dans un parfum de barbecue et une
douce quiétude.

Mais les choses allaient-elles vraiment se
passer comme ça ? Tout à coup, Jess sentit une
goutte lui tomber sur la tête. Le soleil avait
disparu, et les fabuleux nuages de tante Rose
allaient visiblement se déverser sur leur crâne
en peu de temps. Au loin, ils virent un éclair
suivi d'un coup de tonnerre.

– Oh non ! lança Jodie. Vite ! Tout le monde
dans la tente des filles !

C'était la seule tente assez grande pour les
accueillir tous. Mais on ne pouvait s'y entasser
sans une bonne dose de contact physique. Jess
courut vers la tente. Elle était très impatiente
de voir ça.

34

Tout le monde se réfugia dans la tente, et Jess s'aperçut à sa grande honte que son pyjama Winnie l'ourson était en boule sur son sac de couchage. Elle l'attrapa, le cacha sous son oreiller et s'assit dessus, par précaution supplémentaire. Marie-Louise s'affala presque sur elle, et le reste de la troupe suivit : Édouard, Flora et Nicolas, puis Jodie avec Ben Jones et Mackenzie, et pour finir, Fred.

— Faites de la place, faites de la place ! criait Fred. Le cyclone approche ! Il tombe des grêlons gros comme des balles de golf !

Il n'y avait presque plus de place pour Fred, qui devait rester debout près de la porte.

— Poussez-vous ! cria-t-il. J'ai encore les fesses à l'air ! Elles vont être frappées par l'éclair !

— Levez-vous, ordonna Jodie à Jess, Marie-Louise et Édouard. Il y aura plus de place si tout le monde est debout. Cette tente n'est pas faite pour neuf personnes.

Jess, Marie-Louise et Édouard s'exécutèrent. Dans ce mouvement de foule, Jess passa quelques horribles secondes la tête sur les fesses de Marie-Louise, et juste après, reçut un coup de coude dans les côtes de la part d'Édouard. Ce n'était pas vraiment le genre de contact physique dont elle rêvait.

Un nouveau coup de tonnerre retentit. Flora poussa un cri et s'accrocha à Nicolas. Jodie poussa un cri et s'accrocha à Ben Jones. Moins sensuelle, Marie-Louise poussa un cri et s'accrocha à Jess. La pluie tambourinait sur la toile de tente. Rien à voir avec une délicate averse éclairée par un rayon de lune quand vous êtes bien au chaud dans votre sac de couchage. Le ciel était tout simplement en guerre.

— Peut-être devrait-on se réfugier dans la maison, mes amis, dit Fred sur un ton emphatique. Ce serait tragique si nous étions foudroyés. Tout au moins, cela serait tragique si *j'étais* foudroyé.

— Non ! fit Jodie. On est bien mieux ici !

Ça, pas de doute : elle avait le bras de Ben Jones autour de ses épaules. Pourtant, Ben ne semblait pas extasié. On ne savait jamais ce qu'il pensait, mais si on lui avait laissé le choix, il aurait sans doute préféré se réfugier dans la maison plutôt qu'avoir Jodie contre lui.

Après quelques nouveaux coups de tonnerre et cris de filles, l'orage parut s'éloigner et la pluie cessa. Ils sortirent dans le pré détrempé. Les nuages noirs étaient partis vers l'horizon. Le soleil faisait une apparition, et l'herbe luisait.

– Oh comme c'est beau ! s'exclama Flora. Regardez, un arc-en-ciel !

Il s'arrondissait au-dessus de la ferme. Un instant plus tard, la tante sortit avec son appareil photo. Elle le braqua vers le ciel, qu'elle mitrailla. Puis elle se tourna vers les jeunes et leur fit signe.

– Vous allez bien ? cria-t-elle. Personne ne s'est noyé ni n'a été frappé par l'éclair ?

– Tout va bien ! cria Jodie. (Puis elle ajouta plus bas.) Mon Dieu ! On ne devait être que six ! Filons vers le ruisseau !

Tout le monde partit en courant, Jess et Fred en queue. Jess détestait le sport et ne faisait jamais d'exercice. Fred était tout simplement un intello.

– La courageuse Anglaise se laisse distancer ! fit Fred sur le ton d'un commentateur sportif. Les Français sont en tête ! Ils vont remporter l'or et l'argent ! L'équipe britannique est dans les choux !

Le compte rendu de Fred n'était pas tout à fait exact. Ben Jones semblait avoir remporté la course, et Nicolas était deuxième. Édouard arrivait en troisième position, car il avait des jambes plus courtes.

– Hé ! Et si on pique-niquait ? proposa Flora.

– Mais l'herbe est toute mouillée ! dit Marie-Louise en regardant avec horreur le sol détrempé.

– On pourrait mettre une couverture ou quelque chose comme ça, fit pensivement Jodie. Peut-être que ma tante a une bâche, je crois en avoir vu une dans la grange.

Tout à coup, Jess sentit une goutte lui tomber sur le nez. Oh non, la pluie revenait ! Avant qu'ils aient le temps de réagir, un autre orage arriva. Il n'y avait cette fois ni tonnerre ni éclair, juste de la pluie, mais beaucoup de pluie. Ils se réfugièrent tous sous un arbre, puis l'arbre lui-même se mit à dégouliner. Flora fut prise d'un fou rire.

– Tant pis ! cria-t-elle en courant à découvert.

Elle regarda le ciel, tendit les bras et éclata de rire.

– Mouille-moi autant que tu veux ! cria-t-elle.

La pluie dégoulinait sur son visage. Elle rit et effectua une petite danse.

– Venez me rejoindre ! leur lança-t-elle.

– Flora Barclay d'Ashcroft semble avoir perdu la tête, reprit Fred de sa voix de commentateur. On envoie une ambulance, et je crains qu'elle doive être conduite à l'hôpital psychiatrique Fred-Parsons.

Nicolas rejoignit Flora, ils se prirent par la main et tournèrent à toute vitesse.

– Ils sont un peu bêtes, dit Marie-Louise.

Elle s'accrochait toujours au tronc de l'arbre pour se protéger de la pluie et lançait de longs regards en direction des tentes ou, mieux, de la ferme.

– Alors, Ben, quand est-ce que tu reviens en

cours ? demanda Jodie avec un immense sourire.

La vision de Flora et de Nicolas en train de
danser sous la pluie ne semblait pas l'atteindre.

– Euh… Lundi, fit Ben.

Il avait une voix divine : une sorte de grondement qui descendait du ciel comme un coup de
tonnerre.

La pluie cessa et le soleil réapparut, peut-être
grâce au grondement de Ben Jones. Ils étaient
tous un peu mouillés, mais Flora et Nicolas, eux,
étaient trempés.

Ils quittèrent l'arbre. Le sol étant trop humide
pour s'asseoir, ils restèrent debout. Ben Jones
aperçut les cordes dans l'arbre au-dessus du ruisseau. Il en attrapa une.

Il prit son élan et sauta vers l'autre rive. Mais,
arrivé de l'autre côté, il ne lâcha pas la corde et
continua à se balancer. Tout le monde le regardait. Les filles étaient sous le charme. Même
Flora avait cessé de danser avec Nicolas pour
l'admirer.

Puis Nicolas attrapa une autre corde et se mit
à se balancer à son tour. Il releva les pieds et,
quand il croisa Ben, lui donna un petit coup
joueur. Ben continua à se balancer, mais son
geste perturba la trajectoire de Nicolas, qui se
mit à osciller dangereusement vers Ben.

– Levez les pieds ! leur cria Mackenzie depuis
la rive.

Tous deux se heurtèrent, ou tout du moins, leurs baskets se heurtèrent. La corde de Nicolas partit en vrille. Et celle de Ben prit à son tour une trajectoire dangereuse.

— Le Français vient de perdre une belle occasion de marquer un point, dit Fred de sa voix de commentateur. Le coup était vache. Je ne serais pas surpris qu'il récolte un carton jaune, voire un penalty et un pied coupé, pour la peine.

Nicolas et Ben fonçaient à nouveau l'un vers l'autre au bout de leurs cordes et, cette fois, Nicolas leva les pieds si haut qu'il perdit l'équilibre. Il cria (en français) et lâcha la corde. Les filles hurlèrent. La scène semblait se passer au ralenti.

Jess espéra qu'il ne se cognerait pas la tête. Heureusement, il atterrit sur la rive, et sur ses pieds. Mais de travers. Sa cheville se tordit et il s'affala sur le flanc en hurlant. Il tenait sa jambe et criait : «*Ma cheville, ma cheville**!»

Son visage prit une affreuse teinte verte.

Flora se jeta vers lui, s'agenouilla et paniqua comme dans un film muet. Elle lui caressait la tête, essayait de lui tenir la main et de toucher sa jambe, même si ça ne servait à rien.

— Qu'est-ce qu'il faut faire? criait-elle. Qu'est-ce qu'il faut faire? Qu'est-ce qu'il faut faire?

— Allez chercher tante Rose! cria Jodie en s'agenouillant près de Nicolas.

Marie-Louise partit, mais s'arrêta au bout de quelques mètres.

— Je ne sais pas assez bien parler anglais ! dit-elle.

— Ben ! cria Jodie. Vas-y !

Ben démarra.

— Non, attends, lui cria Jodie. Tu ne connais même pas ma tante ! Tu ne sais pas où est la cuisine ni rien. Fred, vas-y !

Fred haussa les épaules et partit. Ben revint s'accroupir près de Nicolas.

— Elle est soit cassée, soit simplement foulée. Laissez-le respirer ! fit Mackenzie.

— Désolé, gars, fit Ben en examinant Nicolas l'air embêté.

Nicolas ne lui prêta aucune attention.

Jess regardait tout ça sans savoir quoi penser. Et si Nicolas s'était réellement cassé la cheville ? Ça serait horrible. Et si la douleur était si forte qu'il vomissait ? Il était déjà d'un vert inquiétant. Jess espéra que, même s'il avait la cheville cassée, il aurait la décence de ne pas être malade. Mais il fit quelque chose de pire : il fondit en larmes.

C'était gênant. Flora lui prit la main et voulut la caresser, mais il la repoussa. Marie-Louise sortit son mouchoir, mais se sentit trop embarrassée pour le lui offrir. Édouard se tenait à côté, au cas où il faille soigner un insecte. Ben Jones restait près de Nicolas, une main sur son épaule. Mackenzie parlait.

— Je suis sûr qu'elle n'est pas cassée, parce

que sinon, on aurait entendu un craquement. Quelqu'un a-t-il entendu un craquement ? Moi, je n'ai rien entendu.

Après ce qui sembla des siècles, tante Rose apparut dans le pré, Fred sur ses talons. Il était bien trop cool pour qu'on le voie courir, surtout en compagnie d'une femme de cinquante ans qui portait un sac en plastique.

Tante Rose examina la cheville de Nicolas, lui parla tout doucement en français, fouilla dans son sac et en sortit un sachet de petits pois congelés, qu'elle plaqua sur son pied.

— C'est pour l'empêcher de gonfler, dit-elle. J'ai appelé Geoffroy sur son portable et je lui ai demandé de nous rejoindre avec le 4 × 4. Il sera là dans quelques minutes. Je ne pense pas qu'elle soit cassée, mais on devra peut-être l'emmener aux urgences pour faire une radio. Geoffroy saura quoi faire. Il soigne tous les animaux de la ferme.

— Heureusement que Nicolas n'est pas un cheval de course, fit Fred. Sinon, on devrait l'abattre.

— Fred, arrête, lâcha Jodie.

Quand il n'avait pas d'idée géniale, Fred était le plus grand idiot sur terre.

35

L'oncle de Jodie arriva au volant d'un 4 × 4
couvert de bouse de vache. C'était un type
immense, avec du foin sur les vêtements et l'air
un peu empoté. Tante Rose et son mari aidèrent
Nicolas à monter à l'arrière (tout en plaquant
le paquet de petits pois surgelés sur sa cheville)
et le ramenèrent à la maison. Le reste de la bande
suivit à pied. Il pleuvait à nouveau.

— Mon Dieu, j'espère que Nicolas n'a pas la
cheville cassée! s'écria Flora.

— Bien sûr que non, fit Jodie. Il fait toute une
histoire pour rien du tout. C'est une mauviette.

— N'exagérons rien, intervint Jess. Moi, je suis
capable de pleurer en regardant une publicité
pour du pain à l'ancienne. Et Flora fond en
larmes dès qu'on lui parle de chatons…

— Oui, mais lui, c'est un garçon, rétorqua
Jodie. Les garçons doivent être forts et virils. Je
ne supporte pas qu'un type pleure parce qu'il
s'est tordu la cheville. Ça me dégoûte.

— Vraiment? fit froidement Flora. Moi, ça me
donne juste envie de l'aimer davantage.

Elles continuèrent en silence jusqu'au camp. Fred et Édouard disparurent sous la tente des garçons. Ben Jones et Mackenzie rejoignirent leurs VTT posés sous un arbre et enfilèrent leur veste. Les filles allèrent chercher des vêtements secs. Jodie avait l'air grognon.

— Bon, j'imagine qu'il faut que j'aille à la maison pour lui tenir la main, dit-elle avec un petit sourire de triomphe.

Flora, qui était en train de se sécher les cheveux, s'arrêta tout à coup.

— Je peux t'accompagner ? demanda-t-elle timidement.

Jess avait envie de lui hurler dessus. Mais ne pouvait-elle pas garder un peu de dignité ? Pourquoi se mettait-elle à supplier Jodie, juste pour avoir une chance de se blottir contre Nicolas ?

— En fait, dit Jodie avec un coup d'œil à Flora digne d'un homme politique qui tient une conférence de presse, je crois qu'on devrait interrompre ce week-end et tous rentrer chez nous. À cause de la pluie et de tout le reste. On est trempés. Surtout toi, dit-elle avec un regard à Flora, encore mouillée depuis sa danse sous la pluie.

Flora rougit.

— Ouais… fit Flora en haussant les épaules comme si ça n'avait aucune importance qu'elle ne revoie jamais Nicolas. Mon père m'a envoyé un sms pour dire que la météo avait changé et qu'ils annoncent de la pluie pour le reste de la journée.

— En plus, il fait glacial, dit Jess en enfilant un pull supplémentaire.

Le week-end en camping tournait au vinaigre.

— Je ferais bien d'aller voir comment va Nicolas, fit Jodie.

— Je t'accompagne. Juste une minute, dit Flora.

— Toc toc ! lança une voix à l'extérieur de la tente.

C'était Mackenzie. Ben Jones était debout derrière lui. Il regardait le ruisseau d'un air rêveur.

— On s'en va, dit Mackenzie. Entre la pluie et les accidents, on préfère rentrer chez nous.

— Comme vous voulez, dit Jodie. À lundi, et n'oublie pas que tu dois me montrer ta cicatrice, Ben !

Sur ce, elle l'attrapa par la taille.

Elle était vraiment du genre bulldozer !

Ben Jones eut l'air ahuri, mais il réussit à faire un petit sourire. Un instant, Jess croisa son regard, et ils échangèrent un message subliminal du genre : «Désolée, Jodie est une vraie garce.» «T'en fais pas, ça me dérange pas, répondit Ben Jones. C'est toi qui m'intéresses. J'ai envie d'être seul avec toi. J'ai envie de plonger mon regard dans tes yeux. J'ai envie de tenir ta main pendant un siècle. J'ai envie d'être ton partenaire pour l'équipe olympique anglaise de baiser.»

En tout cas, c'est ce que Ben dit dans l'imagination de Jess. Le nouveau Ben Jones était hyper sexy. Quand il était allongé près du feu, on aurait dit le petit frère de Brad Pitt dans un western. Quand il était arrivé le premier au ruisseau, on aurait dit le petit frère de David Beckham en finale de coupe d'Europe. Et quand il s'était balancé au bout de la corde, c'était le retour de Tarzan. Toi Jess, moi Tarzan… Jess soupira. Et détourna les yeux.

Jodie et Flora partirent vers la ferme, Ben Jones et Mackenzie allèrent chercher leur vélo. Jess admira Ben de dos. Il avait des fesses cinq étoiles. Mackenzie, même petit, était plutôt mignon, mais il avait quelque chose de bizarre. Flora avait dit un jour qu'elle trouvait qu'il ressemblait à Elijah Wood. Mais pour l'instant, Jess n'avait d'yeux que pour Ben, comme Flora n'avait d'yeux que pour Nicolas.

Jess remonta la fermeture de sa polaire et regagna la tente des filles. Marie-Louise faisait ses bagages.

— Chacun rentre chez soi, c'est ça? demanda-t-elle.

— Je crois… fit Jess. Tout est parti en vrille.

— Pardon? fit Marie-Louise en fronçant les sourcils.

Jess poussa un nouveau soupir.

— Désolée, fit-elle. C'est une expression. Tout a tourné au vinaigre.

Marie-Louise fronça à nouveau les sourcils.

— Oh, désolée, fit Jess. Encore une expression. Ça veut dire que ça se finit mal.

— Ah, fit Marie-Louise. Je comprends!

Elle reprit ses bagages. Elle faisait ça avec soin, pliant ses vêtements pour les faire entrer dans son petit sac. On aurait dit qu'elle y prenait plaisir.

— Il faut que j'aille prévenir Fred et Édouard, dit Jess.

Elle sortit de la tente et soupira à nouveau. Elle voyait Ben Jones dans un halo de lumière, en lévitation. Des rayons surnaturels éclairaient ses cheveux dorés, et il souriait d'un air mystérieux en lui montrant une destination divine, par exemple pleine de palmiers.

— Oh, arrête, dit Jess tout fort. Il n'est peut-être pas mal, mais ce n'est pas le fils de Dieu, non plus! Reprends-toi, ma vieille!

Elle réussit à chasser Ben Jones de son esprit. Ou plutôt, elle le relégua dans un coin de sa tête, qu'elle prévoyait de visiter dans un futur très proche.

Fred sortit de la tente des garçons avec son livre de Stephen King, qui avait la taille d'un pavé.

— Bon, que nous réserve la ronde des plaisirs, maintenant? demanda-t-il en glissant son livre sous sa veste pour le protéger de la pluie. Aurais-je entendu parler d'une grange? Doit-on annuler notre séjour? Souhaites-tu que je te lise des extraits de mon livre jusqu'à ce que tu hurles de peur ?

— En temps normal, j'accepterais avec joie, répondit Jess. Mais apparemment, on doit remballer nos affaires. C'est Jodie qui a décidé ça, à cause de la cheville de Nicolas, de la pluie et de tout le reste.

— Ouf, fit Fred. Je pensais que cette torture ne prendrait jamais fin.

— Je vais dire à Édouard de ranger ses araignées et de se tenir prêt à partir, dit Jess.

Elle entra dans la tente des garçons, qui, comme elle le craignait, sentait la chaussette mouillée. Édouard était assis sur son sac de couchage bien plié, et il jouait avec sa Game Boy.

— Rentrer maison, dit Jess d'un ton, allez savoir pourquoi, de guide indien dans un vieux western. Pluie. Pas bon. Rentrer aujourd'hui. Maintenant. Téléphoner mère.

Elle sortit son portable.

Bizarrement, Édouard eut l'air de comprendre. Il coupa sa Game Boy et se mit à faire ses bagages. Jess appela sa mère.

— Dieu merci, enfin de tes nouvelles, lui dit sa mère. Je commençais à me faire du souci ! Tout va bien ?

— Moi, je vais bien, mais Nicolas a un problème à la cheville.

— Oh non ! cria sa mère d'un ton horrifié. J'en

étais sûre ! Je le savais ! Qu'est-ce que je vais dire à ses parents ?

— Nicolas, pas Édouard, maman ! Calme-toi, bon sang !

— Désolée, désolée. J'avais mal entendu, je croyais que tu me parlais d'Édouard.

— Bon, écoute, reprit Jess. Tu peux venir nous chercher ? Genre, tout de suite ? Parce que, apparemment, la pluie ne va pas s'arrêter de sitôt.

Fred apparut près de Jess et se mit à mimer quelque chose.

— Oh, et est-ce qu'on peut aussi ramener Fred ?

— Bien sûr, bien sûr, fit sa mère. J'arrive. Je serai là dans une demi-heure.

Elle raccrocha, l'air soulagé, comme si Jess avait été poursuivie par un troupeau de taureaux, qu'elle était tombée dans un fleuve, et qu'elle avait le cœur brisé en mille morceaux.

En fait, c'était assez proche de la réalité, mais ça n'avait plus d'importance.

— Je déteste la façon dont Jodie s'est jetée sur Ben Jones, dit Jess en raccrochant. Si tu étais un garçon, et d'une certaine manière, c'est le cas, qu'aurais-tu fait ?

— Oh, j'aurais pris mes jambes à mon cou.

— Je préfère rester vieille fille que me jeter au cou des garçons comme le font Jodie ou Flora.

— C'est une sage parole, dit Fred. Car c'est clairement ce que l'avenir te réserve. Qui voudrait de toi ?

Jess tira les cheveux de Fred et lui balança un coup de poing dans les côtes. Il lui fit une torture chinoise. Édouard leva les yeux d'un air inquiet, puis comprit qu'ils plaisantaient.

— Bref, fit Jess. Je te laisse faire ton sac. Dépêche-toi. Ma mère sera là dans une demi-heure.

— J'en ai pour deux secondes à ranger mes affaires. Qu'est-ce qu'il faut faire d'autre ?

— Je crois que c'est ta tente ? dit Jess d'un ton railleur. Il va falloir la démonter… Et la plier bien soigneusement pour qu'elle rentre dans le coffre de la voiture…

Fred blêmit.

— Mon Dieu, viens-moi en aide, je t'en supplie !

— Désolée, fit Jess, j'ai plein de trucs à faire !

Elle disparut de la tente et courut jusqu'aux toilettes sous la pluie. Avant qu'elle arrive, Jodie sortit sur le chemin en aboyant :

— On emmène Nicolas aux urgences, dit-elle. Passer une radio, au cas où… Flora est en train de lui dire au revoir. Elle sera là dans une minute. Je voulais juste te dire que… (Jodie se pencha vers Jess et dit tout bas :) Bravo pour ta vengeance ! De l'eau, de la boue, de la douleur cinq étoiles. Tout y était, comme prévu !

Puis elle se tut en voyant Flora apparaître. Cette dernière sortit son portable. Jess n'en revenait pas. Jodie pensait-elle vraiment que Fred et elle avaient prévu l'accident de Nicolas ? Elle ne pouvait pas être aussi stupide !

— Je dois y aller ! dit Jodie en repartant vers la maison. Le week-end est terminé ! À lundi !

Jodie fit mine de ne pas apercevoir Flora quand elle la croisa. On voyait bien qu'elle triomphait. Son attitude signifiait clairement : « Nico est à moi, maintenant, c'est moi qui l'emmène à l'hôpital, et c'est moi qui le soignerai… Mais tu sais quoi ? Je m'en fous. C'est une merde, ce mec, parce que maintenant, je ne m'intéresse plus qu'à la cicatrice de Ben Jones. »

Flora arriva à la hauteur de Jess et raccrocha rapidement.

— D'accord, dans une demi-heure alors, maman. Merci ! Oui, Marie-Louise va très bien !

Flora rangea son téléphone dans sa poche et regarda Jess d'un air désolé. Ses yeux s'embuèrent de larmes.

— Bon, Jess, dit-elle avec un sourire malheureux. On est toujours amies ?

— Je ne répondrai pas avant d'être allée aux toilettes, dit Jess.

Enfin seule dans la paix de ce lieu immaculé, elle se dit qu'elle avait peut-être été un peu dure avec Flora.

Mais d'un autre côté, celle-ci l'avait bien mérité…

36

— Bien sûr qu'on est toujours amies, dit Jess alors qu'elle repartaient ensemble vers le camp.

Mais elle ne put trouver le ton sincère et affectueux qu'elle aurait employé une semaine plus tôt.

Pas uniquement parce que Flora était sortie avec Nicolas juste après qu'il avait attrapé la main de Jess. Car de ça, Flora n'était pas au courant. C'était plus en rapport avec l'attitude de Flora une fois que Nicolas avait conquis son cœur : elle avait fait comme si Jess n'existait plus.

Dès que Flora avait découvert les joies des baisers en plein air, elle avait à peine adressé la parole à Jess. Elle lui avait juste fait part de son bonheur le soir en se glissant sous la tente. Et le lendemain, elle n'était revenue au camp que pour voler la moitié du petit déjeuner de Jess après avoir annoncé qu'elle n'avait pas faim.

Le pire, c'était ce dernier crime. Voler un petit ami, c'était acceptable, à la rigueur. Mais voler un petit déjeuner, c'était un délit impardonnable. Tout du moins aux yeux de Jess.

Cela dit, cette attitude résumait assez bien Flora. Elle était gourmande. Ce n'était pas de sa faute. Tout lui était dû : le correspondant d'une copine autant que les œufs brouillés d'une amie. Quand Flora arrivait, c'était comme une nuée de sauterelles dorées qui s'abattait sur vous.

— Oh, que je suis contente ! dit Flora en prenant Jess par le bras. Donc on reste amies ?

— Pourquoi ça ne serait plus le cas ? dit Jess avec un haussement d'épaules.

Mais elle en voulait quand même un peu à Flora. Et elle devait bien reconnaître qu'elle prenait un certain plaisir à voir Flora la supplier. C'était jusqu'à présent le meilleur moment du week-end.

— J'ai l'impression de… ne pas t'avoir beaucoup vue, ces deux derniers jours, lança Flora.

— Ah bon ? Il faut dire que tu avais d'autres engagements…

— Je suis désolée, dit Flora d'un air coupable. Je suis vraiment désolée, Jess. Mais Nicolas repart dans quelques jours et on veut profiter le plus possible l'un de l'autre. Je risque de ne pas le revoir pendant des mois.

— Et c'est quoi, les projets d'avenir ? Des fiançailles pour Noël ?

— Oh, arrête. Bien sûr que non, fit Flora d'un air anxieux. C'est bien trop tôt pour ce genre de chose.

Pourtant, il fallait croire que cette pensée avait déjà traversé son esprit.

«Bien trop tôt», pensa Jess. Une phrase troublante. Jess entendait presque les cloches de l'église retentir pour célébrer le mariage. En français, bien sûr.

— En plus, reprit Flora, je suis embêtée, parce que Jodie m'en veut. Tu prendras ma défense, hein, Jess? Elle ne me parle même plus. À croire que j'ai commis un crime.

Elles atteignirent le camp, qui était inondé. Marie-Louise rangeait les boîtes en plastique et les ustensiles de cuisine en classant le tout par famille. Flora s'agenouilla aussitôt pour l'aider. Fred et Édouard étaient en train de démonter la tente des garçons en râlant en stéréo bilingue. Le camp déserté semblait triste, tout à coup.

La mère de Jess fut la première à arriver. Comme d'habitude, elle portait de vieux vêtements, mais puisqu'il pleuvait, personne n'y fit attention. Jess, Édouard et Fred s'entassèrent dans la voiture avec la tente et les sacs de couchage.

— Alors, comment ça s'est passé? demanda la mère de Jess tandis qu'ils quittaient la ferme.

— Oh, ça a été génial! fit Jess.

Ce qui, de son point de vue, était une information suffisante.

— Génial? demanda sa mère. Et ce pauvre

267

garçon, j'ai oublié son nom, qui s'est cassé la cheville, et l'orage ?

— Oh, ça, ça a été horrible, dit Jess.

Tout à coup, Jess savoura le plaisir d'être dans la voiture. Elle commença à sécher, à se réchauffer et se rendait compte combien tout cela lui avait manqué.

— Qu'est-ce que tu en dis, Fred ? demanda la mère de Jess.

— Moi, je ne suis pas un garçon d'extérieur, dit Fred. Je préfère traîner sur mon canapé devant la télé avec un paquet de chips. Personnellement, j'avais hâte que la pluie arrive.

— Mais tu as bien aimé faire des mimes, quand même, dit Jess.

— Des mimes ? reprit la mère de Jess, inquiète de ce que ça pouvait sous-entendre.

— Oh oui, fit Fred. Et quand on a fait un loto, c'était génial. Sans oublier la lecture de la Bible.

Jess sourit d'un air rêveur tandis que les mots de Fred dérivaient loin de ses oreilles. Secrètement, elle alla chercher Ben dans le coin de son esprit où elle l'avait relégué. Elle souleva le couvercle de ses souvenirs…

Ben Jones jaillit, vêtu d'un short de foot très seyant. Il trotta dans l'esprit de Jess pendant quelques secondes, puis la prit entre ses bras et la souleva de terre jusqu'à un canapé en velours rouge où…

— Vous avez faim ? demanda la mère de Jess plusieurs kilomètres plus tard.

— Y a-t-il une occasion où je n'aie pas faim ? demanda Jess de façon automatique.

Pourtant, elle n'était pas aussi affamée que d'habitude. Le petit déjeuner était déjà très loin, sans compter que Flora lui en avait volé la moitié. Mais à chaque fois que Jess pensait à Ben Jones, elle avait une sensation dans le ventre bien plus agréable que le fait d'ingérer des œufs au bacon.

Ils déposèrent Fred chez lui et s'arrêtèrent dans un *fish and chips* sur le chemin du retour.

— C'est typiquement anglais, déclara Jess. Et puis, Édouard aime bien les frites.

— J'imagine, soupira sa mère, qu'on doit accepter l'idée que cela fait partie de notre culture…

Ils mangèrent leur *fish and chips* directement dans le papier journal, car c'était plus drôle et plus typique que de le rapporter chez eux. La pluie continuait à tomber. De la buée se forma sur les vitres de la voiture.

— Alors, maman, qu'est-ce qui s'est passé dans le reste du monde ?

— Il y a eu un attentat au Moyen-Orient, répondit-elle, l'air soucieux.

Aussitôt, Jess rejoignit Ben Jones sur le canapé en velours rouge. Il avait passé le bras autour de son cou et ils se dévoraient du regard.

«Mon Dieu, que tu es belle», disait Ben Jones,

avec un faux accent américain qui ressemblait un peu à celui de Brad Pitt.

— Et il y a une crise au sujet des impôts, ajouta sa mère. À cause du budget.

«Je commence lundi à jouer dans un thriller à Hollywood», reprit Ben en caressant les cheveux de Jess, qui mystérieusement, étaient devenus blonds et longs. «J'aimerais que tu m'accompagnes. J'ai loué une maison sur la plage à Malibu. Il y a une bonne, un chauffeur, un majordome et deux chiens jumeaux.»

— Et j'ai ramené mamy chez elle hier, continua sa mère. Elle a retrouvé ses esprits. Mais je suis épuisée. Dès qu'on sera rentrés, je vais m'allonger.

«Tu es mon amour», disait Ben Jones tandis que ses lèvres se rapprochaient des siennes…

— Jess, tu n'as pas fini tes frites, dit sa mère d'un air étonné en terminant sa part et en mettant les déchets dans une poubelle à portée de main. J'espère que tu n'es pas malade.

— Oh non, juste un peu fatiguée, dit Jess en se forçant à prendre une grosse bouchée. Je n'ai pas beaucoup dormi la nuit dernière. Marie-Louise ronflait. En français. Même si en fait, je crois que le ronflement est par définition français.

— Pas d'ostracisme, s'il te plaît, dit sa mère.

— Qu'est-ce que ça veut dire?

— Tu regarderas dans le dictionnaire. Est-ce

que la reine a aimé sa sortie ? demanda sa mère en s'essuyant les mains sur son manteau (quelle mère…) et en faisant démarrer la voiture.

— Demande-lui toi-même, je sais que tu meurs d'envie de pratiquer ton français.

Sa mère dit quelques mots en français à Édouard. Ils parlèrent plusieurs minutes. C'était reposant. Jess rejoignit Ben Jones sur la plage de Malibu et ils s'amusèrent à courir sur le sable avec leurs chiens jumeaux qui portaient d'adorables maillots de bain en lycra.

— Édouard semble s'être beaucoup amusé, annonça sa mère, qui interrompit cruellement le rêve de Jess. Il a l'air d'être un peu sorti de sa coquille. Je crois que ce week-end lui a fait beaucoup de bien.

Jess hallucinait à l'idée qu'Édouard se soit bien amusé. D'une certaine manière, elle avait à peine remarqué sa présence. Elle était tellement occupée avec Flora, Nicolas, Jodie et Ben Jones qu'elle n'avait pas pensé à lui. Pourtant, tout ce temps, il passait un petit week-end dans son coin. Comme c'était mignon !

— Il m'a sauvée de toute une série de catastrophes, dit tout à coup Jess en prenant conscience qu'elle avait exploité sans vergogne sa gentillesse et sa connaissance de la nature. On s'est perdus dans les bois, il m'a tirée du ruisseau, et quand je me suis égratignée sur du barbelé rouillé, il a aspiré le poison.

— Quel héros! fit sa mère. Il a des talents cachés, dis-moi.

— Et il m'a sauvé la vie en me débarrassant d'une araignée sous la tente, ajouta Jess.

«Pas étonnant qu'Édouard se soit bien amusé», pensa Jess. Il avait tenu le premier rôle dans plusieurs scènes de sauvetage. Mais comme il était minuscule, Jess l'avait à peine remarqué. Pourtant, elle lui en était maintenant reconnaissante.

Tellement reconnaissante que lorsqu'il disparut dans sa chambre, une fois arrivé à la maison, elle en fut presque désolée et espéra qu'il ne se sentait pas trop seul. Mais au bout d'un moment, il apparut avec une boîte de CD. Il se planta devant Jess comme un soldat au garde-à-vous et dit :

— Jess, tu joues à *jeux vidéo*?

Mon Dieu! Il s'était même mis à parler anglais! Jess profita de l'occasion pour passer des heures devant l'ordinateur, d'autant que sa mère était au lit avec une migraine.

37

— Flora est une vraie salope ! murmura Jodie.

Les cours avaient repris sous le signe de la vengeance. Or, cette dernière se dégustait froide, c'était bien connu. Flora était avec Nicolas en train de le câliner et de glousser bêtement. Jodie et Jess mangeaient leur sandwich sur le banc près du bâtiment des sciences.

— J'aimerais que ce tombeur se soit vraiment cassé la cheville ! reprit Jodie au milieu d'une bouchée de poulet tikka.

La cheville de Nicolas était juste foulée. Et sa boiterie lui donnait un charme supplémentaire.

— De toute façon, je m'en fous ! insista Jodie. Ma prochaine mission, c'est de voir la cicatrice de Ben Jones. Je vais la prendre en photo sur mon portable et m'en servir comme fond d'écran.

— Tu es folle ! s'exclama Jess.

Deux filles surgirent, celles qui squattaient leur banc quinze jours plus tôt. Comment s'appelaient-elles, déjà ?

— Salut ! dit la brune aux boutons. Zoé et Chloé,

vous vous souvenez ? Vos fans de base. Tu n'as pas une bonne blague à nous raconter ?

— Qu'est-ce que vous dites d'une cicatrice d'appendicite en fond d'écran ? lança Jodie.

— Ce n'est pas drôle, c'est dégoûtant ! fit Chloé.

— Je me demande ce qu'ils ont fait de l'appendice, lança Jess.

— L'appendice de qui ?

— De Ben Jones.

Zoé et Chloé firent toutes deux mine de s'évanouir de plaisir au son de ce nom divin.

— Quel gâchis... fit Jess. Le mettre dans l'incinérateur de l'hôpital. Moi, je l'aurais gardé dans une petite boîte comme animal de compagnie.

Zoé et Chloé éclatèrent de rire.

— Ou alors, continua Jess, j'en aurais fait du pâté et je l'aurais mangé sur un toast.

Les deux filles se tordaient de rire.

— Moi, je m'en serais servie comme d'une barrette à cheveux, dit Jodie.

Les deux filles eurent un rire poli.

— Bon, vous voulez bien faire un don ? On organise un tournoi de jeu d'échecs.

— Ah ça non, fit Jodie. Je suis fauchée. Je passe mon tour.

— Tu es vraiment dure, fit Jess. Tu deviens une tigresse.

— C'est pour aider la recherche sur le cancer des adolescents, insista Zoé, pleine d'espoir.

— D'accord, fit Jess. Inscrivez-moi pour quelques livres. Je viendrai vous voir, d'accord ? Mais vous n'obtiendrez jamais le moindre sou de Jodie. C'est une radine professionnelle.

Zoé et Chloé partirent, et la cloche des cours de l'après-midi sonna. Flora s'arracha à Nicolas, rejoignit Jess, et lui prit le bras. Jodie s'en alla, l'air furieux.

— Jodie est vraiment une grosse vache, souffla Flora alors qu'elles allaient au cours d'histoire. Nicolas dit qu'elle lui fait la tête chez elle. Ce n'est pas la faute de Nicolas si on sort ensemble. Ça s'est passé comme ça, c'est tout. Tout à coup, j'ai eu les jambes coupées de bonheur. Tu vois de quoi je parle ?

— Non, je ne vois pas, dit Jess.

Elle pensait à ce qu'elle avait ressenti quand Nicolas lui avait pris la main sous l'eau.

— J'aimerais bien que tu ne passes pas autant de temps avec Jodie, dit Flora. Des fois, j'ai peur qu'elle essaie de t'éloigner de moi.

— Je n'ai pas d'autre alternative, se défendit Jess. Ma meilleure amie est en permanence avec une personne qui se trouve être le correspondant français de Jodie !

— C'est uniquement jusqu'à la fin de la semaine, plaida Flora. Je suis désolée, Jess, mais Nicolas part samedi, et je ne sais pas quand je le reverrai. (Elle s'interrompit.) Ni même si je le reverrai un jour. (Elle eut un reniflement tragique.) Ne m'en veux pas. J'espère qu'un jour, toi aussi tu vivras ce que je vis.

— Non merci! fit Jess avec un faux tremblement de terreur. Moi, je deviendrai une vieille dame très digne comme Miss Marple, fan de tricot et de meurtres.

Jess pouvait difficilement dire à Flora qu'elle savait très bien ce qu'elle ressentait, pour l'avoir elle-même éprouvé. Avec le même garçon, en plus!

— Jess, je t'adore, dit Flora alors qu'elles atteignaient la salle d'histoire. Tu es vraiment géniale. Tu es toujours ma meilleure amie. Tu es si sérieuse. Moi, je suis une vraie écervelée.

Ainsi parlait la superbe amie de Jess, avec ses A dans toutes les matières, qui sortait avec le type ayant tenu la main de Jess sous l'eau et fait faire des sauts périlleux à son cœur. Mais d'une certaine manière, ce que disait Flora était vrai. Malgré toutes ses qualités, elle avait une certaine fragilité. Qui, par bonheur pour elle, était touchante.

Jess trouvait très dur de supporter les confidences de Flora, mais elle ne pouvait pas la blesser ni ruiner son bonheur en lui racontant que Nicolas l'avait draguée seulement quelques minutes avant Flora.

«Allez, c'est du passé, tout ça», se dit Jess en entrant en salle d'histoire.

Elle n'avait plus le courage de rire. En plus, Fred était au lit avec la grippe. Le lâcheur.

Depuis quelques jours, Jodie déversait tout son fiel contre Flora dans l'oreille droite de Jess, et Flora déversait sa propagande anti-Jodie dans son oreille gauche. Au milieu, Jess n'en pouvait plus.

Elle attendait avec impatience de rentrer chez elle avec Édouard. Le trajet se ferait dans un silence amical ponctué d'offrandes de bonbons.

Ils s'entendaient bien, désormais, Jess et Édouard. Leur «relation» tournait autour de friandises et de jeux vidéo, sans aucune tentative de communiquer ni en français ni en anglais. Mais c'était un bon début.

38

Le samedi arriva enfin : le jour du départ des Français. Édouard descendit l'escalier en essayant de cacher son soulagement. Il avait à la main deux petits cadeaux enveloppés de papier argenté. Il en posa un près de l'assiette de la mère de Jess et un près de celle de sa correspondante.

Jess avait la bouche pleine de toast et de marmelade.

— Hum, miam, umph, merci! crachota-t-elle.

Elle défit le paquet avec précaution. Édouard regardait ailleurs, l'air gêné.

Jess ouvrit une petite boîte qui contenait des boucles d'oreilles en tortillon. Édouard semblait les découvrir en même temps qu'elle.

— Je crois deviner qu'il s'agit d'un cadeau acheté par la mère de la reine, dit la mère de Jess en ouvrant à son tour son cadeau.

Une paire de petites boucles d'oreilles en perles apparut. Elle poussa un cri de joie exagéré.

— Quand je pense que tu t'extasies sur un

truc que tu trouverais hideux en magasin, fit Jess. Il ne faut jamais faire de cadeaux aux gens qu'on ne connaît pas.

Elles mirent toutes deux leurs nouvelles boucles d'oreilles et s'admirèrent dans le miroir.

— Je suis une reine aux boucles d'oreilles en perles, dit sa mère.

— Et moi, une reine du porno clinquant, dit Jess en faisant une moue hideuse à son reflet.

Elles embrassèrent toutes les deux Édouard, ce qu'il supporta avec héroïsme, et ce fut l'heure de partir. Jess avait l'impression que ses bagages étaient prêts depuis des jours. Et qu'il y avait soigneusement rangé son amour pour elle. (Ouf!)

Le parking du centre de loisirs était rempli de voitures. Les profs de français anglais, les profs d'anglais français et les élèves, tout le monde s'embrassait, certains avec sincérité.

— Merci pour *l'hospitalété*, dit Édouard sur un ton solennel.

Ils échangèrent d'étranges au revoir gênés. Par-dessus l'épaule d'Édouard, Jess vit Flora et Nicolas s'adonner à un déchirant baiser d'adieu.

Édouard fut le premier à monter dans le bus. De toute évidence, il n'avait pas envie de s'attarder. Mais une fois installé à une fenêtre, il eut l'air pris d'une tendresse de dernière minute. Il envoyait des baisers à Jess et à sa mère et agitait la main de façon frénétique, comme s'il les aimait plus que tout au monde.

— Il a vraiment l'air heureux, dit Jess. Tu penses qu'il s'est tout de même un peu amusé ?

— Je ne crois pas, dit sa mère. Je crois qu'il est juste fou de joie à l'idée qu'il n'aura plus jamais besoin de nous parler.

— Tu oublies que je dois aller chez lui l'année prochaine, lança Jess.

— Ah oui, c'est vrai, fit sa mère. Bien sûr. L'année prochaine, ça sera ton tour d'expérimenter la torture sans fin de te languir de ton pays et de manger de la nourriture étrange. Je te préviens, aucun animal n'a grâce aux yeux des Français.

— Les ânes, les hippopotames, les suricates, et hop, en kebab ! fit Jess.

Même si, en secret, elle prévoyait d'avoir une crise d'appendicite l'année suivante. Elle ne pourrait pas se rendre en France, et Ben Jones l'arrêterait dans le couloir en disant : « J'ai entendu dire que tu avais été opérée de l'appendicite. Comment est ta cicatrice ? Si tu me montres la tienne, je te montre la mienne. »

— Jess !

Une voix la fit sortir de son rêve.

C'était Marie-Louise, qui lui dit au revoir avec une telle férocité que Jess en eut mal aux joues. Marie-Louise lui tendit une carte avec son adresse, et Jess promit de lui écrire.

Puis quelqu'un lui tapa sur l'épaule. Elle se retourna. C'était Nicolas. Ses yeux verts étaient braqués sur elle. Il lui attrapa les deux mains et l'embrassa à trois reprises. Jess ne put s'empêcher de sentir son cœur battre un peu plus fort, en souvenir du bon vieux temps.

Puis il la prit dans ses bras. Il sentait très bon. Jess essaya de ne pas se laisser aller à ce plaisir. Elle savait que Flora et peut-être Jodie regardaient la scène.

Mais une seconde avant de la relâcher, Nicolas murmura à son oreille :

— Jess, adorable Jess ! J'ai envie de t'embrasser ici. Je t'en prie, écris-moi.

Jess était ahurie.

Puis il la lâcha et lui tendit une carte. Et il partit pour aller dire au revoir aux autres et distribuer des cartes à tout le monde. Est-ce qu'il murmurait la même chose à toutes les filles ? Jess, sous le choc, ne bougeait pas. Qu'est-ce qu'il avait dit ? « J'ai envie de t'embrasser ici ? » Le salaud !

Peut-être qu'elle avait mal compris. Il n'avait pas pu dire ça. Peut-être qu'il avait dit : « J'ai envie de faire pipi. »

Elle était sans voix. Elle avait juste envie d'être ailleurs, et le plus vite possible.

— Allez, maman, dit-elle. On y va.

— Une minute, dit sa mère. On doit dire au revoir à tout le monde.

Les derniers adieux se firent dans le brouil-
lard. Le bus français partit enfin en crachant un
désagréable nuage de monoxyde de carbone.

— Bon, fit sa mère avec un soupir soulagé, c'est
la fin de l'histoire.

Pas tout à fait.

39

Le lendemain, Jess et Flora allèrent à la pati-
noire. Flora avait le moral dans les chaussettes.

— Il me manque, dit-elle, ses grands yeux bleus
emplis de larmes alors qu'elles glissaient sur la
glace au son d'une musique des années quatre-
vingt.

Jess ne répondit pas. Elle ne pouvait pas révéler à Flora les mots que Nicolas lui avait glis-
sés juste avant de partir : ça l'aurait détruite.
Jess serra les dents et se concentra pour ne pas
tomber.

— Il m'a envoyé cinq sms hier, dit Flora.

— Incroyable. Ça doit être un record mondial.
C'était vraiment dur de ne pas se moquer.

— Mais rien aujourd'hui, dit Flora.

— Il se remet sans doute de son voyage.

— C'est fou comme on perçoit le temps, soupira Flora. J'ai l'impression qu'il s'est écoulé un
mois depuis hier. Je vais lui envoyer un e-mail
dès que je rentrerai à la maison.

Le lundi arriva, et les cours reprirent. Pour

Jess, la vie tournait autour de Ben Jones. Il n'était pas dans leur classe, elle devait donc espérer le croiser dans les couloirs.

Jess se mit à tenir un *Ben Journal* à la fin de son cahier de brouillon.

Lundi 11 h 30. Suspect aperçu devant la salle de dessin. De dos. Cœur remonté dans la bouche, estomac en triple looping. Jolie vision, mais douloureuse.

Lundi 14 h. Suspect repéré en train de jouer au foot. Pris position sur muret près des plates-bandes. Pas de jumelles, dommage. Cœur à un rythme effréné pendant une demi-heure. Comme des sabots de bison furieux.

Lundi 16 h. Individu ressemblant au suspect aperçu près de la grille du lycée. En réalité, Toby Williams. Même taille, même cheveux blonds, mais de face, tête comme une tourte à la viande. Cri de déception.

Le soir, Jess rentra chez elle avec Flora. Elle était plutôt satisfaite. Deux aperçus de Ben Jones, ce n'était pas mal pour un premier jour, même si elle espérait bientôt le croiser au lieu de se contenter de coups d'œil fugitifs.

Un jour, le lendemain, peut-être, ils se rencontreraient dans un couloir. Et il sourirait. Il lui dirait : « Salut, Jess ! » Il passerait ses bras autour d'elle et murmurerait : « J'ai envie d'étudier ta géographie personnelle. »

– Hier soir, je n'avais pas le moindre e-mail,

lança Flora d'une voix anxieuse. Et il ne m'a pas envoyé de sms depuis dimanche.

— Allez, fit Jess, ne t'inquiète pas. Ça va arriver, j'en suis sûre.

La semaine fut interminable pour Flora mais, au contraire, ponctuée d'événements palpitants pour Jess. Le jeudi à 14 h 30, elle atteignit incontestablement le septième ciel !

Croisé Ben Jones devant la salle des profs ! Il parlait avec Mrs Monroe, la prof de sport. M'a souri. Cœur jailli par la bouche, projeté à quarante mètres, droit dans les buts. Puis cœur réintégré poitrine, plein de boue mais heureux. NB : Dois commencer à m'intéresser au foot.

Le vendredi était la veille des vacances de Pâques. Tout le monde était ravi. Sauf Jess qui, pour une fois, aurait bien aimé continuer à aller en cours, histoire de décrocher un nouveau sourire de Ben Jones. Voire quelques mots. Un «Salut, Jess !» aurait fait l'affaire. Elle savait qu'il n'était pas du genre bavard. Sauf dans ses rêves, quand il lui déclamait des poèmes d'amour tandis que les vagues s'écrasaient sur la plage et que les chiens jouaient à se tirer le maillot.

Le vendredi midi, Jess et Flora étaient assises sur le banc près du bâtiment des sciences. Flora avait perdu tout appétit et jouait avec une salade à la grecque. Jess dévorait une fajita. Tout à coup, Jodie apparut.

— Une petite place pour moi ? demanda-t-elle.

Elles se poussèrent, et Jodie s'assit lourdement.

— Des nouvelles du tombeur ? demanda-t-elle.

Flora rougit.

— Non, fit-elle. Pas récemment.

— Moi non plus, fit Jodie en mordant dans son hot-dog. Pas grave. Oublie-le. C'était une perte de temps, ce type. Tu as entendu parler du spectacle de fin d'année ? Apparemment, on a le droit de présenter des sketches, des numéros de danse, et tout ça. On devrait écrire quelque chose.

— Mouais, fit Jess.

Elle n'en avait pas très envie. Si elle écrivait quelque chose, il faudrait que ce soit avec Flora ou avec Fred. Fred était de retour après plusieurs jours passés au lit. Il avait toujours la voix enrouée. Et il avait juré de ne plus jamais partir en camping.

La cloche sonna. Jodie se leva et effleura l'épaule de Flora.

— Oublie Nicolas, dit-elle. Aucun homme n'en vaut vraiment la peine.

Apparemment, Jodie n'était plus fâchée contre Flora. C'était sa manière à elle de lui tendre le calumet de la paix. Jess se sentit soulagée. C'était bon de retrouver la vraie Jodie.

Mais Flora était tellement déprimée qu'elle pouvait à peine marcher ou parler. Elle quitta le banc en direction du cours de maths. En temps normal, elle aurait trotté joyeusement, comme un chiot qui part en promenade.

Après les maths, c'était le cours d'histoire, puis les vacances. Sur le chemin du retour, Flora pleurait en silence. Devant chez elle, elle se sécha les yeux avec un mouchoir.

— Viens avec moi, Jess, supplia-t-elle. Je vais raconter à ma mère que je pleure à cause de l'exécution de Charles Ier.

C'était le sujet du jour en histoire. L'après-midi avait été pesant.

Mais la mère de Flora était chez le coiffeur, il n'y avait donc nul besoin de mentir. Les deux filles montèrent dans la chambre de Flora. Elle ouvrit son ordinateur portable et vérifia ses e-mails. Rien.

— Il ne m'a envoyé ni sms ni e-mail depuis cinq jours, dit-elle. (Elle était pâle et avait les yeux gonflés.) Alors que je lui ai écrit tous les jours. Et s'il avait eu un accident ou quelque chose comme ça ?

Jess sentit que c'était le moment. Jusque-là, elle n'avait pas voulu gâcher le bonheur de Flora. Désormais, la situation était inversée.

— Bon, dit Jess. J'ai quelque chose à te dire.

40

— Nicolas est un dragueur qui ne mérite pas ton amour, déclara Jess.

Elle le dit très vite, comme pour faire le moins de mal possible à son amie. Flora eut l'air abasourdie. Puis elle fronça les sourcils et lança un regard noir à Jess.

— Quoi ? s'exclama-t-elle.

— Juste avant qu'il sorte avec toi pendant le week-end en camping, il me tenait la main et me racontait qu'il me trouvait géniale. Je ne t'ai rien dit quand vous êtes sortis ensemble, parce que je ne voulais pas gâcher ton bonheur. Tu avais l'air tellement heureuse. J'ai estimé qu'il avait le droit de changer d'avis.

Flora eut l'air troublée. On voyait que son esprit tournait à toute allure. Mais elle continua à lancer des regards soupçonneux à Jess.

— Et puis, reprit Jess, alors qu'on se disait au revoir sur le parking, il m'a murmuré quelque chose d'incroyable à l'oreille, il m'a donné sa carte et m'a dit de lui écrire.

— Quelque chose d'incroyable ? C'est-à-dire ?

Jess le lui avoua. Flora se crispa et pâlit, mais elle n'avait plus l'air aussi triste. Elle était toujours furieuse, certes, mais plus contre Jess : contre Nicolas.

– Ne pleure pas, dit Jess. Jodie a raison. Il ne le mérite pas.

– Je refuse de verser une larme de plus sur ce type ! dit Flora, qui, malgré tout, était blanche comme un linge.

Elle attrapa la veste qu'elle venait juste de retirer.

– J'ai besoin d'aller faire un tour, dit-elle. Toute seule. Désolée.

– Pas de problème, fit Jess. Je dois rentrer chez moi. J'ai des tonnes de trucs à faire.

Pour commencer, Jess vida ses poches. Elle y retrouva la carte que Nicolas lui avait donnée. Au dos, il avait écrit : « À ma chère Jess. Je t'embrasse. Nicolas », avec trois cœurs. Jess la regarda pensivement, puis la brûla dans une soucoupe.

– Adieu, tombeur, dit-elle. Tu ne mérites pas d'être en contact avec mon jean.

Le lendemain, Flora était transformée. Elle acheta un énorme sandwich et croqua dedans avec appétit.

– Mon Dieu, quel soulagement ! dit-elle entre deux bouchées d'œuf mayonnaise.

– Et quel soulagement que tu sois à nouveau normale, dit Jess. Quand on campait, je pouvais à peine communiquer avec toi. C'était terrible.

– Je suis désolée, dit Flora. C'est bizarre, ce qui s'est passé.

– C'est mon destin, de toute façon, fit Jess. Je ne peux pas évoquer mon père devant ma mère, je ne peux pas mentionner ma mère auprès de mon père, ma mère et mon père se parlent à peine, ma grand-mère a des discussions avec les morts…

– Moi non plus, je ne peux pas parler à mon père, dit Flora. Je dois tout répéter dix fois dans ma tête avant d'oser ouvrir la bouche devant lui.

– Et pendant deux semaines, j'ai été coincée avec un Hobbit qui ne parlait que l'elfique. Tu as eu de la chance d'avoir Marie-Louise. Elle était géniale. Tu as de ses nouvelles ?

– Oui. Apparemment, son petit copain ne la trompait pas. Même si l'histoire n'a pas l'air très claire. Je crois qu'elle ne peut pas vraiment lui faire confiance.

– Ah les hommes ! Quels nuls…

À cet instant, Fred passa devant elles et fit mine de soulever poliment son chapeau comme dans un film des années quarante.

– Bonjour mesdames ! Je n'ai pas le temps de m'arrêter. J'ai rendez-vous à 14 h 30 pour sauver le monde.

– Heureusement qu'il y a Fred. Lui, au moins, il parle, fit remarquer Flora.

– Bien sûr. Avec lui, pas de problème pour communiquer. Mais il est tellement bizarre, parfois.

Il y eut un silence pendant qu'elles mangeaient leurs sandwiches. Celui de Jess était au fromage et aux pickles. Elle le sentait passer directement de sa bouche à ses hanches.

– Toujours aucune nouvelle de Nicolas ? demanda Jess. Ou c'est une question inutile ?

– Oh non, aucune, fit amèrement Flora. Et j'espère que je n'en aurai jamais. Je le hais, maintenant. Et c'est génial. Je suis libérée. Mais je me sens coupable envers toi, Jess. Il m'a draguée après t'avoir draguée, et tu ne m'as rien dit. Tu devais être folle de rage. Tu as dû t'imaginer que je te piquais ton petit copain.

– Ce n'est pas grave. Il ne s'était pas passé grand-chose entre nous. Et je ne t'ai rien dit parce que je ne voulais pas te faire du mal. Même si, franchement, il y a eu des moments où j'ai eu envie de t'assassiner. Sans souffrance, bien entendu.

– Tu es la meilleure amie de toute la galaxie, dit Flora. Qu'on m'arrache les ongles si je te fais encore un coup pareil.

– Si on jure de continuer à se parler dans toutes les circonstances, ça n'arrivera plus.

Jess devrait se rappeler cette conversation quelques mois plus tard.

– D'accord, dit Flora. Marché conclu. Maintenant que je suis libérée des vivants, je vais tomber amoureuse d'un mort. Kurt Cobain, peut-être, ou River Phoenix. Comme ça, il ne risquera pas de me tromper, qu'est-ce que t'en penses? Et toi, c'est qui, l'homme de tes rêves?

Un visage divin surgit devant les yeux de Jess. Elle entendit le bruit sourd d'un match de foot, vit un sourire timide, une couronne de cheveux blonds de sauveteur en mer californien, une paire d'yeux bleu ciel. Son cœur fit quelques petits bonds, comme un hamster qui essaie d'attraper un bout de fromage.

— C'est un secret, dit-elle en souriant.

Mais elle sentait bien qu'elle ne garderait pas longtemps le secret de son amour pour Ben Jones.

Cependant, elle devait d'abord finir son sandwich.

Quel plan tordu Jess Jordan va-t-elle bien
pouvoir inventer pour séduire Ben Jones?
Découvrez un extrait de la suite de
15, welcome
to England !

Extrait

15 ans,
charmante mais cinglée

Un nez, des yeux, une bouche. Jess dessinait sur sa main au lieu d'expliquer par écrit «les raisons pour lesquelles le roi Charles Ier était impopulaire». Mais elle était bien trop occupée à reproduire le beau Ben Jones. Un soupçon de Leonardo Di Caprio, une pincée de Prince William, une touche de Brad Pitt… Malheureusement, au final, ça ressemblait davantage à un iguane qu'à Ben Jones.

Pour rattraper le coup, elle écrivit sous le tatouage : «Ben Jones ou iguane?» puis toussa au rythme du dernier single de Justin Timberlake afin de signaler à son amie Flora qu'elle souhaitait établir la communication. Flora leva les yeux de la table voisine, et Jess lui montra son tatouage. Flora sourit sans conviction, jeta un coup d'œil furtif à Miss Dingle et se remit aussitôt au travail.

Miss Dingle – Jingle pour ses fans – décocha à Jess un regard furieux.

– Jess Jorrrdan! Vous avez un prrroblème?

– Oh Miss, si vous saviez tous les problèmes que j'ai! soupira Jess en rabattant aussitôt sa manche sur le tatouage de Ben Jones l'iguane. Ma maison détruite dans un incendie, un terrible héritage génétique, un cul gros comme une chaîne de montagnes…

▬ ▬ ▬ ▬ ▬ ▬ ▬ ▬ ▬

Quelques élèves gloussèrent.

— Rrremettez-vous au trrravail, aboya Miss Dingle d'un air sévère en roulant les R, comme toujours. Si vous employiez autant d'énerrrgie à rédiger vos devoirrrs d'histoirrre qu'à essayer de vous amuser, vous serrriez la prrremièrrre de la classe plutôt que son can-crrre ! Si vous ne rrréagissez pas, c'est votrrre vie que vous allez gâcher ! En plus de ça, vous faites l'intérrrressante !

Tout le monde se cacha derrière sa feuille pour rire. Avec discrétion, bien sûr. Mais la classe entière était secouée de ricanements. Miss Dingle utilisait toujours un argot désuet, le mot « cancre » par exemple.

— Quant à vous autrrres, reprit-elle, taisez-vous et continuez votrrre liste de rrraisons. À moins que vous ne vouliez rrrester aprrrès les courrrs ! J'ai trrrès envie de mettrrre une rrre-tenue générrrale ! Alors ne poussez pas le bouchon trrrop loin ! Je peux trrrès bien sorrr-tirrr l'arrrme suprrrême !

Il y eut un bruit d'explosion étouffée quand tout le monde se mordit les amygdales pour ne pas rire, mais juste après, la classe fut sai-sie d'une frénésie de gribouillage : personne n'avait envie de se taper une heure de colle. Jess attrapa son dictionnaire pour faire sérieux et tourna les pages dans l'espoir d'y trouver un gros mot. Soudain, elle eut l'idée de le consulter comme un oracle. Poser une question, puis ouvrir une page au hasard et y découvrir la réponse. Elle ferma les yeux et se concentra sur : «Sortirai-je un jour avec Ben Jones?»

Son doigt s'arrêta sur « Persil : plante potagère courante très utilisée en cuisine. » Pas très encourageant... Mais peut-être qu'il y avait là un sens caché. Peut-être qu'on pouvait charmer un garçon en se frottant du persil derrière l'oreille, ou bien saupoudrer l'intérieur de son pantalon de persil haché pendant qu'il se baignait.

Tout à coup, Jess croisa le regard de Jingle. Attention, danger! Alors elle recopia à toute vitesse le titre du devoir : «Les raisons pour lesquelles le roi Charles Ier était impopulaire». La réponse se trouvait dans le chapitre six de son livre d'histoire, dont elle se mit à observer les illustrations. Charles Ier avait le regard terne, voire lugubre, et un bouc bien taillé. Flora lui avait dit qu'il ne mesurait qu'un mètre cinquante. Un gnome du Seigneur des Anneaux, en somme... En plus, il avait été décapité. Jamais agréable, mais quand on n'est pas grand c'est encore pire !

Jess jeta un coup d'œil à Flora, qui écrivait si vite que tout son corps tremblait. Elle avait déjà rempli trois pages. Si Jess voulait la rattraper, elle avait intérêt à s'y mettre dare-dare. Elle attrapa son stylo et laissa filer son imagination. Ce qui ne lui valait jamais rien de bon.

www.onlitplusfort.com

Le blog officiel des romans Gallimard Jeunesse.
Sur le Web, le lieu incontournable
des passionnés de lecture.

ACTUS // AVANT-PREMIÈRES //
LIVRES À GAGNER // BANDES-ANNONCES //
EXTRAITS // CONSEILS DE LECTURE //
INTERVIEWS D'AUTEURS // DISCUSSIONS //
CHRONIQUES DE BLOGUEURS...

SUE LIMB est née à Hitchin en Angleterre en 1946. Après des études de littérature et de sciences de l'éducation à l'université de Cambridge, elle devient enseignante et anime des séminaires de littérature. Elle s'installe ensuite à Londres où débute sa carrière d'auteur. Elle a publié à ce jour une vingtaine de titres destinés aux adultes, aux adolescents, ainsi qu'aux enfants. Elle écrit également des scénarios pour la radio et la télévision qui connaissent un véritable succès en Grande-Bretagne. Pendant une dizaine d'années, Sue Limb a par ailleurs tenu une rubrique dans le supplément hebdomadaire du *Guardian*.

Retrouvez Sue Limb sur son site internet :

www.suelimb.com

Dans la collection

Pôle fiction

filles

Ce que j'ai vu et pourquoi j'ai menti,
Judy Blundell

Quatre filles et un jean

   Le deuxième été

   Le troisième été

Toi et moi à jamais,
Ann Brashares

LBD

   1. Une affaire de filles

   2. En route, les filles !,
Grace Dent

Cher inconnu, Berlie Doherty

Qui es-tu Alaska ?, John Green

13 petites enveloppes bleues, Maureen Johnson

Les confidences de Calypso

   1. Romance royale

   2. Trahison royale

   3. Duel princier,
Tyne O'Connell

Jenna Fox, pour toujours, Mary E. Pearson

Le journal intime de Georgia Nicolson

   1. Mon nez, mon chat, l'amour et moi

    2. Le bonheur est au bout de l'élastique

    3. Entre mes nungas-nungas mon cœur balance

    4. À plus, Choupi-Trognon...

    5. Syndrome allumage taille cosmos,
Louise Rennison
Code cool, Scott Westerfeld

fantastique
Interface, M. T. Anderson
Genesis, Bernard Beckett
Le cas Jack Spark — saison 1 Été mutant,
Victor Dixen
Eon et le douzième dragon, Alison Goodman
Menteuse, Justine Larbalestier
Felicidad, Jean Molla
Le chagrin du Roi mort,
Le Combat d'hiver,
Jean-Claude Mourlevat
Le Chaos en marche
    1 - La Voix du couteau
    2 - Le Cercle et la Flèche,
Patrick Ness
La Forêt des Damnés, Carrie Ryan

Le papier de cet ouvrage est composé de fibres naturelles, renouvelables, recyclables et fabriquées à partir de bois provenant de forêts plantées et cultivées expressément pour la fabrication de la pâte à papier.

Maquette : Maryline Gatepaille
Photo de l'auteur © D.R.

978-2-07-064385-1
Loi n° 49-956 du 16 juillet 1949 sur les publications destinées à la jeunesse
Dépôt légal : avril 2013.
Premier dépôt légal : février 2012.
N° d'édition : 255123 – N° d'impresssion : 181650.
Imprimé en France par Maury Imprimeur - 45330 Malesherbes